麗江情緣

主编 段玉龙

记者 杨雪彬 柯燕

云南大学出版社
Yunnan University Press

图书在版编目（CIP）数据

丽江情缘 / 段玉龙主编. —昆明：云南大学出版社，2010
ISBN 978-7-5482-0386-5

Ⅰ.①丽… Ⅱ.①段… Ⅲ.①访问记—作品集—中国—当代 Ⅳ.①I253

中国版本图书馆CIP数据核字（2011）第039846号

责任编辑：柴　伟
装帧设计：刘　雨

主编　段玉龙
记者　杨雪彬　柯燕

出版发行：云南大学出版社
印装：昆明卓林包装印刷有限公司
开本：787mm×1092mm　1/32
印张：7
字数：140千
版次：2011年5月第1版
印次：2011年5月第1次印刷
书号：ISBN 978-7-5482-0386-5
定价：25.00元

社址：昆明市翠湖北路2号云南大学英华园内（650091）
电话：（0871）5033244　5031070
网址：http://www.ynup.com
E-mail：market@ynup.com

前　言

　　长久以来，丽江对于世界来说都是一个梦、一个传说。从上世纪的洛克博士开始就一直有人千里万里不懈地追寻这个梦、这个传说。就是丽江让洛克博士"独居"丽江二十多年而不倦，最后他临终前在病床上发出"与其让我躺在夏威夷冰冷的病床上，我更愿意回到玉龙雪山烂漫的山花中死去……"这样充满眷恋的心声。如今老人已逝去数十年，但这几十年间，丽江并不寂寞，特别是从上世纪九十年代开始，众多怀揣梦想的人，从四面八方"寻梦丽江"，于是就有了众多与丽江结缘的故事。

　　《丽江情缘》就是丽江人民广播电台为讲述这些感人的情缘故事而创办的一档栏目，在创办的六年间，有数百位与丽江有奇缘的人士来到栏目讲述了他们的感动与故事。作为栏目策划的我，在栏目开播之时就有将那些感人故事集结成册的愿望。就在栏目的不断播出中，有许许多多热心的听众给了我们热情的帮助与鼓励，在得到听众的鼓励认可后，原有的那份愿望被激活。我们更坚定了不仅要将栏目办好，而且要将栏目中播出过的优秀节目编辑成广播版的文字图书的愿望，一是为了最大限度地利用好这一资源，二是为了让更多的人以不同的方式和我们分享《丽江情缘》的感动与喜悦。

　　今天在大家的关心下，在友人的支持下，文字版的《丽江情缘》就要面世了，我们既激动又忐忑，激动的是一个愿望终于要达成了,忐忑的是这书中其实有许多的不足,但是"丑媳妇"总要见"公婆",广播人在蹒跚中终于迈出了坚定的一步,我们相信我们以后会做得更好。

谢谢大家,谢谢所有关心我们的人。

栏目及出书策划:段玉龙

2010年12月

序

丽江人民广播电台即将结集出版《丽江情缘》（原名《爱上丽江的一千个理由》），老友段玉龙嘱我代为写序，本想婉拒，看过辑集样本，那些来自不同国度、不同地方、不同肤色的爱丽江并留在丽江和我成为乡邻的朋友们，发自内心对丽江爱的表达，使我不禁浮想联翩，其实我爱丽江又何止一千个理由……

犹记得在故乡金沙江边充满乡土气息的土地上撒欢嬉戏追星逐梦的童年；犹记得古城街巷清晨袅袅的炊烟、夜晚潺潺流水的音符、杨柳依依的玉河边长发飘逸的浣洗少女；犹记得子夜明月当空的玉龙雪峰；犹记得黄山丫口观丽江城市灯火的迷离；犹记得纳西古乐曼妙的旋律、东巴乐舞神秘的沧桑；丽江的每一寸阳光、每一朵浮云、每一棵草木，丽江的人情、丽江的慵懒，还有我的爱人、亲人，此时这一切都奔涌成我爱丽江汩汩的馨泉，它们化成我爱丽江的一万个理由。

年过不惑，能让我心动的人和事已无多，由一本集子让我忽然像个"愤青"，这样的心境已久违，我爱丽江像离巢的雏燕迷恋母亲，我也爱爱丽江的人们。

是以为序。

和仕勇

2011年初春

目　录

前言 / 001

序 / 001

1. 来自奥地利的夫妻园丁 / 001
2. 李梅：到丽江普及英语 / 007
3. 热爱纳西文化的美国人托尼 / 013
4. 跨国恋人的樱花屋 / 017
5. 一位上海女子对丽江的心愿 / 021
6. 瑞士青年的丽江缘 / 027
7. 台北人于涌与绿雪斋 / 031
8. 他在束河设计现在与未来 / 035
9. 他让普洱茶飘香丽江 / 039
10. 阿宽与小涵的丽江情结 / 044

11. 融入了丽江柔软时光的雨薇 / 050
12. "丽江能使我静心画好画" / 055
13. "丽江是个值得常住的地方" / 060
14. 为古城画苑添奇葩的康志合 / 064
15. 江措与边缘2416工作室 / 069
16. "丽江圆了我电台主持人的梦" / 075
17. 北京姑娘苗卉钟情丽江 / 081
18. 她参与了"赛歌丽江" / 087
19. 导游阿东情系丽江 / 093
20. 在丽江做导游的昭通小伙 / 097

21. "我见证了古城十年来的变化" / 102
22. 丽江来了个淮安女 / 108
23. "秦山行人"到丽江 / 113
24. 张亮与阿酷咖啡屋 / 118
25. 一对到丽江安居的上海老人 / 122
26. 浙江姑娘和她的理发屋 / 126
27. 到丽江从事酒店管理的沈漫漫 / 130
28. "丽江是一首最优美的歌" / 135
29. 橡子与《飘落的丽江碎片》/ 139
30. 王静文与新版《玉龙山》杂志 / 144

31. 开办歆歆幼儿园的石妮娜 / 151
32. 付烟寒：爱你所爱，无怨无悔 / 156
33. "嫁给丽江"的浙江女何林 / 161
34. 来自东北的新闻主播于烈鹰 / 166
35. 开石磨坊的西北汉子浩哲 / 170
36. "丽江是一个心灵的家园" / 175
37. "我珍惜在丽江的时光" / 181
38. "丽江是我的第二故乡" / 187
39. 作家刘墉：在丽江与读者交流 / 192
40. 阿耀：丽江疗好了我的伤 / 197
41. 跨国夫妻编导的纳西音乐剧 / 202
42. 在丽江教英语学中文的美国人伯言 / 206

1

来自奥地利的夫妻园丁

迈克和凯伦斯夫妇是欧洲奥地利维也纳市人，迈克是一名科技工作者，凯伦斯是一名中学教师。这几年，他们每年都要抽一些时间到古城区金山乡贵峰三元村教孩子们学习英语。凯伦斯认为，这些可爱的孩子、村民们以及文化工作者和志伟都帮助了她。今天的节目请吴芳老师做英语翻译，将会告诉听众朋友们，这对外国夫妻是怎么与三元村的孩子和村民们结下深厚友谊的。

主持人： 你们好！你俩是第几次来丽江？是怎么到贵峰三元村的？

迈克： 我是2003年来丽江，现在是第四次来丽江，但我太太是第三次来到丽江。我到三元村是因为中国村庄可持续发展项目，这个项目在中国有七个村庄，它们的模式不一样，三元村就是其中一个村庄。

主持人： 丽江有很多这样的村庄，你们为什么会选择三元村？

迈克： 这对我来说是很难回答的问题，但我在三元村看到的是那么多渴望学习的孩子。

主持人： 你们每次来开展的活动有哪些？

迈克： 第一次来，侧重点放在相互认识上，第二次来增加了一些英语学习的内容。

主持人： 你们开展的活动是帮助孩子们学好英语吗？

迈克： 我们帮孩子，孩子也帮我们。我们在教孩子一些知识，但孩子也教了我们一些天真淳朴的东西。

主持人： 你们都采用一些什么方法来教孩子学习英语？

凯伦斯： 我其实不知道中国教师的教学方法怎么样。在西方，一个班就只有十五、六个学生，人数少，就有更多的时间练习发音，写字就放在课外做。我们还用很多时间玩耍和对话，我们最重要的一种教学方法就是让孩子充当老师，讲所学过的内容。另外，我们还建立了一个图书室，放了一些简单的书，也放

了一些字典与词典,并教孩子如何查阅。这次回来,我们检查了有多少书被借出又还了回来。在学生人数不多、图书室书不多的情况下,还是有280人次的借书记录。在教学中,我们还穿插了很多唱歌、跳舞的内容,我们有时通过形体的演示来教学生学句子,通过这些,学生就记得更好了。不知道中国教师是否也用这些方式?

主持人:如何建立起图书室?

凯伦斯:有一户村民,一位妈妈与女儿在帮忙。她们腾出了楼上一间房,搬走东西后,我们买了一些桌椅,后来又买了100多本书,有文学类的,有教学参考类的,这些书基本上是中英文对照的。这次我们来时路过北京,在北京一家外语图书城内找到一些很好的外语书,学生们可以好好地利用。现在图书室共有250多本书,每本书都有编号,每位学生都有一个借书卡,用借书卡才能借到书,每次只借一本,要还了上次借的书才能再借。孩子们非常渴望多读书。

主持人:您是在丈夫的影响下来丽江的吗?

凯伦斯:应该是。因为我丈夫对中国有着特殊的感情,有些事是无法用语言来表达的。第一次我就是在丈夫的影响下来了。但第二次,是因为我太喜欢这些孩子,所以又来了。第三次来之前,我在维也纳学校完成了许多工作,我都不知道是否还有精力来中国。但看着这些可爱的孩子的照片,我想知道他们是否学到了更多的东西。我们再继续努力吧,所以我们又一起来了。在这里看到很多学生有了很大进步,特别是进入中学的那些学生。这次我们来帮助他们纠正发音,通过孩子们了解到他们的中学老师,中学老师认为这个班里出来的学生学习的确很好。听到这个消息后,我们非常高兴。

主持人:您这次来,觉得这些孩子对外界的认识以及他们的英语水平怎么样?

凯伦斯:第一次见面是在小学校内,他们很害羞,把背转过来。我给他们的父母搞了一个聚会,我告诉家长:孩子们有很好的天赋,他们渴望学习,很好学,所不同的是城里小孩没有的东西这里有,因为这里的孩子更接近自然。孩子们带我上山拾菌子,让我看他们家的坟地。因为我不常走山路,山路很滑,孩子

来自奥地利的夫妻园丁

们都帮助我,我成了一个很需要帮助的人。这虽然是很自然的,但使我受益很多。

主持人:你们每次来与这些孩子接触的时间是多少天?

凯伦斯:大约三周,周一至周六上课,周日我们要备课,学生也需要休息。

主持人:最让你们欣慰的是什么?

凯伦斯:我们给他们讲日常生活中要互相帮助,用相互帮助来生活。如果能明白我们的话,互相帮助,我们就非常高兴了。

主持人:这里还有别人帮助过你们吗?

凯伦斯:这里有一个重要的人,叫和志伟,离开了他我们就很难工作。他是一个东巴文化人,现在他从事旅游业。第一次来就与他一起工作。他的英语说得好。而且我们有着共同的想法,孩子们也非常喜欢他。他帮助我们做了很多事,如果离开他,我们不能做这么多事。

主持人:我想,你们对孩子的帮助在他们一生中起着非常重要的作用,那么你们觉得这里的人是否友好?

凯伦斯:是很友好的。最初不是这样。现在我们走在村子里,大人和小孩都会对我们问好。我们对他们说:"你好!"他们则对我们说:"哈罗!"

主持人:以后你们还会来丽江,还会来三元村吗?

凯伦斯:在我们身体健康、家庭允许的情况下,我们一定会再来的。因为我有一个90岁的妈妈,我们要问一下妈妈,我们出去一段时间她会不会不高兴。她如果同意我们一定会来的（指的是来三元村）。她就像一棵树，没有水就会死掉。我们希望每年都来给树浇水，每年都来教孩子们学英语，这样，这棵树就会长得好好的。

（节目播出时间：2004年9月）

2

李梅：到丽江普及英语

　　李梅是一位地地道道的中国人，丈夫托尼是生活在世界第一大城市纽约的美国人，是美国昂科尼互动剧院院长兼执行总导演。李梅原本在北京某跨国公司从事文化交流工作，为了到丽江普及英语，她辞去了在北京的工作，和丈夫住在古城离四方街较近的一个院落里。她认为，英语是人际交往中的一种重要的工具，开放的丽江太需要英语知识了。在英语教学中，她与孩子及其家长结下了真诚、深厚的友谊。

主持人： 李老师您好！您是哪里人？

李： 我父亲籍贯河北，母亲籍贯山东，我出生和长大在重庆，我生性好飘泊，哪里都是我的家。长大成人后在成都、北京等地方呆过，喜爱旅游。我与我先生都喜欢到处看看，看了以后真要做番事，才会有所准备的。

主持人： 你们什么时候来到丽江？

李： 第一次是2003年夏天，是很偶然的，朋友介绍，定了五天的行程，就来丽江旅游。

主持人： 当时感觉如何？

李： 太美了！到丽江感到蓝天白云，天宽地阔，这里夏季气候很好，简直是天堂。风土人情太好了。我长期生活在大城市，喧嚣和工作的压力使我感到在丽江特别放松。来了五天后就决定把家搬到丽江，这也与我先生有关系，他是世界青年访问交流协会亚利桑那主席，从事文化交流，他从小在世界第一大都市纽约长大，但不大喜欢大城市，到了丽江仿佛回到了古代，很新奇。两个人对于把丽江当作自己的家很默契。

主持人： 你们是

怎么认识的？

李：因为工作的原因，我学了两个专业，一是中文，另一是英语。托尼想找一个人促成文化交流的事，后来电视台国际部的人介绍他来找我，因为工作的原因我们认识，慢慢地有了感情。

主持人：您第二次是什么时候来丽江？

李：2003年8月。仅一个月后又来了。丽江少年宫办了一个暑期英语互动培训班，请我们去给孩子们讲英语，主要是我先生讲，但他只会简单的几句英语，在讲课中需要翻译，所以我也去了。

主持人：第一次来丽江上课给您的印象如何？您以前教过英语吗？

李：特别难忘，好像电影里演的一样。少年宫的黑板都白了，太破旧了，写上字都看不清了。但从教室的窗户可以看到长满绿油油菜的土地，我感觉到了乡村。我小时候受了前苏联一部电影《乡村女教师》的影响，从小在骨子里就希望做一名乡村女教师。我在北京经常与美国老师到大学做讲座，因为英语好，很多朋友都爱把孩子送到我家来学英语。

主持人：您先生给孩子上课情况如何？

李：我先生买了一块扎染布扎在长头发上，学生感到特别可爱、新奇，气氛特好。我先生是做剧院的，17岁就开始活跃在舞台上，蛮有艺术天赋的。

主持人：你们到丽江快三年了，做了件非常有意义的事情。

李：我觉得最有意义的是通过自己有限的力量，在某一方面将自己的专长奉献出来,帮助当地老百姓,特别是小孩,引领他们朝着一个更好的方向走。看到孩子通过学英语,打开了一个窗口,看到了一个不同的世界。我们不仅教英语,还要做文化。丽江是一个偏僻的地方,能接触国外文化,对学生蛮好。

主持人:你们留在丽江,仅仅是喜欢丽江的山水,还是有更重要的原因?

李:这原因是通过教英语,认识到丽江太需要英语知识了。我们走过丽江的大街小巷,经常会很遗憾地看到标牌上的英文翻译非常可怕,有的甚至闹笑话。我在一个三星级酒店的菜单上,看到骂人的话都写进了菜单,我们感到震惊,不知其他人想没想到这件事情?我们希望帮助当地改善这种状况,哪怕只起到一点点作用。我相信只要锲而不舍地做一件事,最终是会有效果的。

主持人:今天我也看到许多学生来向您学英语,听说其他一些学校的人也来学习。

李:对!他们经常过来交流。英语学习是要讲方法的。我希望他们学一些贴近生活的英语。中国很多学生,大学毕业,甚至博士研究生毕业又怎么样呢?他们的口语表达能力与对外交谈能力是比较差的。而学一些贴近生活的英语,不管你年纪多大,都容易学会,而且学后马上能用。我们有一套自己的教学方法,简单易学,这些孩子都挺喜欢的。来学英语的从几岁到60多岁的都有。有一段时间,我们给束河、黄山等地的民间艺人免费讲授英语,给他们教姓名、表演的节目名等,他们学习后就能用。农家

李梅：到丽江普及英语

乐里也可以用英语作介绍，不然外国人根本不知道你在说什么、唱什么。通过英语交流让外国人越来越多地了解丽江，对丽江民族文化有更深刻地了解。

主持人：到丽江教英语的经历，对你们有没有很大触动？

李：太有了。我觉得它改变了我的整个生活，改变了我的生活状态。在北京我是有工作的，而这工作与教学没有一点关系，我在建筑设计事务所工作，设计主题公园。在大城市生活惯了，但我们毅然来到丽江。

主持人：您来丽江，有没有觉得放不下？

李：倒还没有。我觉得这里需要我。在北京，虽然我们单位也是需要我的，但在丽江，可以做得更好，因为我可以帮助更多的人。有那么多人渴望学英语，而很少有游客，特别是外国人定居丽江，这有很多困难。而且我看到有的留学生在丽江，可能因为生活范围窄，能接触当地人的比较少。我希望我们能深入到生活中去，能教会更多的人用英语接待外国人，让客栈、商店等各行各业的人都能用英语做生意，气氛就亲切了，对他们做生意也有帮助，对建立人与人之间的友谊都会有帮助。有的人甚至学英语后，可以到酒吧去与外国人聊聊天。而我们则是做一种桥梁般的工作。

主持人：对你们所做的工作，丽江人反映如何呢？

李：他们对我真是太好了！我今年第一次在丽江过春节，有很多学生家长都邀请我们到他们家过春节。家长与学生使我们感动的事太多了。有一位家长知道我喜欢喝酥油茶,就把家中的酥油茶筒、所有酥油、调料叫孩子拿到我的住处,打酥油茶给我们喝。师生之间的感情,真的很纯洁,当了教师后,我觉得要全心全意地教好学生、爱护学生。

(节目播出时间:2007年1月)

热爱纳西文化的美国人托尼  013

3

热爱纳西文化的美国人托尼

来自美国的托尼和他的中国妻子李梅深深地爱上了丽江,他们在丽江生活了近五年,当我走进托尼夫妇在古城的家时,首先就看见了挂在房间墙壁上的东巴字画,这是托尼书写的,他非常喜欢纳西文化,据李梅介绍,托尼是第一个在美国教授东巴文字的人。本期的节目邀请托尼和李梅做客"丽江情缘"节目,讲述他们的纳西文化情结。

主持人：托尼第一次来丽江感觉怎么样？

托尼：第一次来丽江，第一感到好像回到了古代，古城的房屋很古老，人们的穿着离现代生活很远，来到丽江好像被时间机器倒回古时候某个年代。第二感到丽江空气、环境、风景太美了，风土人情与中国其他地方不一样。我非常喜欢丽江。

主持人：您在丽江生活了近五年。现在有什么感觉？

托尼：经过这么多年在丽江生活，觉得这儿是我的家，无论我走到世界各地，觉得丽江才是我的家，我就是丽江人了。

主持人：最让我感动的是我走到你们古城的家，房间里都有你写的东巴字，写得非常好，您是到丽江开始研究东巴文化的吗？

托尼：我们到丽江住下来后，才知道有这样的象形字存在，才开始做研究，我非常喜欢东巴字。

主持人：托尼是爱上了丽江，也爱上了纳西文化。李梅，有一次您告诉我托尼是第一个在美国教东巴文字的，是吗？

李梅：对，而且是通过开培训班来教，每次三周至六周的都有。对象从学生到监狱服刑人员，甚至少年犯，都跟着托尼学东巴文，而且热情高。这与我们将东巴文字典翻译成英文有关系，我们翻译了整本字典，才有可能让美国人知道这个东巴字的意思，然后才能运用语言、文字，可以用东巴文表述自己的生活故事，这才能真正让文字活起来。

主持人：通过这件事，可知你们在做着将纳西文化传到大洋彼岸的工作，托尼当初为什么会想到去美国教东巴文？

热爱纳西文化的美国人托尼

托尼：第一是我所在的美国亚利桑那州有很多印第安人，印第安人也有象形文字，东巴字与印第安象形字有相似之处，让我觉得特别有意思。第二是我教一些英语水平低、写作表达能力差的特殊群体的孩子们象形字，易于接受。

主持人：李梅，您也在学东巴文吗？

李梅：我没学。但托尼学，我得给他当翻译，也就被动地在学。翻译要做到精确，要经常与专家交流，要恰到好处地翻译，我也就经常与他去找东巴文化专家。

主持人：托尼做了一件很好的事，您作为他的中国妻子，会不会因为他做的这些事，让您对他的感情越来越深，您会因此更爱他吗？

李梅：是这样的。语言不通的他能不断地迎接挑战，这不是一般人可以做到的。他离开我的话就无法与人交流，但他仍执著地要学习东巴文化，表现了一个人做事的坚定性，因而向我展现了他的另一面，当我看见这些，对他的尊敬和爱就在与日俱增。

主持人：托尼，您会不会在丽江一直生活下去？

托尼：我想在丽江一直生活下去，但是不知道生活将会引领我们去到哪里，所以不能明确知道今后我们将如何。只有一个可能会使我们离开丽江，就是这个城市变得太商业化了，变成与中国其他城市一样时，魅力就没有了，那我们就会离去。我们住在丽江有一个使命，就是能帮助这个城市有更多文化内涵，继续保留传统文化，留住文化魅力，并且不断介绍国际文化团体来丽江交流。我们现在想做一个国际演艺中心，如果能做成，既让丽江

传统文化发扬光大，也让国际文化来丽江展现他们的风采。

主持人：你们对传统文化的前景如何看？

托尼：很多人来丽江是看上了商业机会，很少有人来丽江是因为看上它的传统文化，想着去保护和传承它，我们希望在这方面助上一臂之力。在丽江也有很多当地人在做民族文化的传承和保护工作，但大多数是年纪大的人，年轻人则很少。而年纪大的人会很快衰老和去世，传承和保护的力量就会削弱。年轻一代将来不能保护和传承民族文化，这文化就会面临失传的危险，这方面要有警觉。

主持人：你们对丽江饱含着深深的爱，而有些人来丽江只是一个匆匆的过客，而你们不是。

李梅：我们希望今后有更多的人能加入到我们的行列，来一起做这样的事，使民族文化发扬光大，有一天能使纳西族文化像一颗明星在丽江城市上空璀璨闪光！

（节目播出时间：2007年1月）

跨国恋人的樱花屋  017

4

跨国恋人的樱花屋

湖北小伙牟鑫和韩国姑娘金明爱的跨国恋情，造就了丽江古城人气最旺的酒吧樱花屋。牟鑫来云南省谋事，在大理巧遇金明爱，将她带到丽江教育学院读书。如今这对恩爱夫妻不仅在丽江筑起了小巢，还经营着一家特色鲜明、香飘海外的樱花屋酒吧。今天，请牟先生为我们讲述夫妻俩相恋的故事，同时讲述樱花屋酒吧的经营之道。

主持人：牟先生您好！您是怎样和您太太认识的？

牟：1997年，我在大理搞营销。金明爱她们在大理街头找地方，我告诉了她们，然后与她们一起去大理的一些旅游景点玩，就这样认识了她。

主持人：您和金明爱是怎么来到丽江的？樱花屋是什么时候在丽江开业的？

牟：1996年丽江二三大地震时我就到过丽江。我是与金明爱1997年一同来丽江的。她当时在大理办理签证手续太慢，听朋友说到丽江教育学院读书可以办签证，我们就来到丽江。到1997年我来丽江古城开酒吧时，古城只有几家餐馆，酒吧没有。我俩就在古城开了个酒吧，一起做生意。

主持人：酒吧是如何定位的？

牟：主要是面对到丽江的游客。刚开始的一年，基本上是日本游客。当年只有四、五张桌子，最多坐30个人。装修是仿古的，至今九年了，店铺也火得多了。开始时，生意不好，很艰苦，限制多，曾经想不干了。朋友说，如果你不在丽江，我们也不来了。一位新加坡朋友，每年来丽江两、三次，常给我们介绍客人。还有一位日本的，在丽江住了近半年，与我们一同买菜、打杂。还有一位从印度来丽江的韩国女孩帮忙了近一年。如果没有这些朋友，我坚持不下去。开酒吧投资了三万多元，刚开始很困难，有时买菜的钱都没有了，但开了店你还得去做，赊账也得赊来做。

主持人：你们酒吧发展最快的是什么时期？

牟：99'昆明世博会后。1999年我们旁边又开了一家，2003年就开了很多了。如今到丽江的游客大都要到酒吧街。因为游山玩水之后不会马上去睡觉，酒吧给人带来休闲娱乐，带来一个咨询信息了解情况的平台，给人亲切和谐的感觉。

主持人：丽江的酒吧也很多，但有些做来做去已经萧条或停业了，为什么您能越做越好？

牟：经营上要有一种良好心态。酒吧与其他产业不一样，不能急功近利。樱花屋有近十年的文化积淀，有朋友的积淀。国外的旅游书上对樱花屋都有介绍，老外来到丽江就按旅游书找到樱花屋。许多人开酒吧就急着要赚钱。酒吧是一种文化生活，你心态不正,对客人唯利是图,怎么能做好?

主持人: 您的太太与酒吧的成功有没有关系?

牟: 我太太与樱花屋的成功有很大的关系。我们初创业,太太的人缘关系特好。她结识的人也很多,我俩都比较活泼、开朗,与任何人都可以交朋友。酒吧就像我们家的客厅,"客厅"里每天都会有很多朋友。樱花屋能发展这么大不是我的本意,是众多游客推着我做的。当初我在大理做营销,收入也不错,但开酒吧更自由,更能展现我的个性。与没有利害冲突的人交往更适合我单纯的性格。

主持人: 樱花屋酒吧的成功与大的环境关系怎么样?

牟: 樱花屋酒吧的成功与丽江旅游业的发展密不可分,与中国群众生活水平的日益提高与观念的转变更新大有关系。2000年前,来樱花屋的基本上是外国客人。这以后,中国的老百姓口袋里的钱多了,黄金周休闲时间多了,就蜂拥而来。

主持人: 您是怎样看古城酒吧一条街的?

牟: 樱花屋在全国知名酒吧中是唯一的后起之秀。首先是有本土特色,符合了古城的气氛;第二是全世界只有丽江古城有对歌,无论是中国歌曲还是外国歌曲,无论能不能听懂,大家要的就是一种欢乐热闹的气氛。酒吧一条街是古城的又一张名片,丽江古城打造出一个很有特色的酒吧文化街也是前景可观的。

(节目播出时间:2006年7月)

一位上海女子对丽江的心愿  021

5

一位上海女子对丽江的心愿

籍贯上海、从四川成都来到丽江的王桦,在丽江工作与生活快两年了,她钟爱丽江秀丽的山水和淳良的民风,也爱上了丽江纳西族的东巴文化。她要让更多的人了解丽江、热爱丽江;她希望发挥桥梁与纽带作用,为丽江老百姓都富起来多做点实事。

主持人： 王桦您好！您是什么时候来丽江的？

王： 我从小就喜欢到处走动，喜欢走到很远的地方。2004年初，我们来到云南，先到昆明，后玩到大理。之后我是抱着猎奇的心态到丽江的。我与其他人不同的一点是：如果我喜欢一个地方，不会只待五六天，至少要待半个月。后来我到丽江东巴博物院帮忙。

主持人： 您原来在哪儿工作？

王： 原来在成都，四川省外事办公室上班。公务员，做文化方面的事，主要是搞翻译接待。

主持人： 您真正了解东巴文化是在什么时候？为什么会去东巴博物院？

王： 是在遇到东巴博物院李锡院长后，他给了我很多培养，从他那里我知道了很多。那儿有一个比较严重的问题，就是东西方之间缺乏沟通。丽江好比一个天生丽质的姑娘，但是不出闺房。我觉得这是一种遗憾，我要义不容辞去做，如果我不做，我觉得待在这里会害羞。本地文化不张扬，保存传统的东西。可另一方面，社会发展到今天，需要进一步加强与外界的沟通，完美地展示自己。丽江就像天生丽质的美女，我愿意给她洗脸，用我的方式给她最朴素、最自然的化妆，让别人去喜欢她。

主持人： 丽江最能触动您，让您感受最深的是什么？

王： 丽江人很单纯、很善良，比较容易满足现状。这样可

一位上海女子对丽江的心愿

以在人与人相处时能相对平和、纯洁。我觉得这可能是丽江最可爱、最美好的地方。

主持人： 刚才所讲的这些，有具体事例吗？

王： 每个丽江人给我的印象都相同。在大城市与人交往，如果没有目的，不会花费很多时间的。假若我要去热情关心别人，别人会很戒备，甚至提防。但在丽江我觉得非常放松。要去关心某一个人，我去做就是了，别人也会接受我一番好意。如果我遇到困难，向别人求助，别人至少不会伤害我；别人如不能够帮助我，也会安慰我。这作为一种生活状态难能可贵。从我的角度观察，我看到上海的老乡，北京的朋友，从很远的地方到丽江，他们除了喜欢这里秀丽的山水外，还喜欢宽松的环境。清纯朴实的

环境，能使人精神放松，就好像是一种灵魂的按摩，一种心灵的释放。我家祖上是从医的，我知道现在大都市里的白领也好，上了年纪的人也好，许多人除了身体上的病痛外，精神上的紧张、压抑，已经严重到了一定程度。我有一些朋友，就在大医院做过这方面的治疗。

主持人：您平时的生活怎么样？

王：我喜欢看书，尤其是晚上看书看得很晚。我也喜欢唱歌，前几天还和几个朋友在酒吧唱，一口气唱了十几首歌，唱得很开心，当时想，开心的我只有十七、八岁。我特别喜欢自由，为了自由我可以放弃很多东西。丽江给我自由的空气和自由的发展。我从小对物质的东西不敏感，丽江商业不发达，使我对物质选择的余地不大，这对我来说不是妨碍。

主持人：您在和丽江人交往中，有没有感受深的事？

王：丽江的老百姓很好。我认识一位卖早点的纳西族大姐，她待人和气，她做的粑粑最好吃。她在街上看到我很远就招呼我，我觉得很舒服，好像在家里一样。她给我印象深的一是勤劳刻苦，二是聪明，会照顾不同的顾客。因为写文章的缘故，我给她拍照，说你要注意对外宣传。她说，算了，别给我拍照。你喜欢吃我的早点就过来，我给你留着，不收你的钱。这种情况和感受我在其他地方很难遇到，真心实意是用金钱买不到的。

主持人：您在丽江还有些什么想法？

王：有啊！我现在最想做两件事，但我一个人的能力不够，我要找一些朋友配合。一是用我的努力，让更多的人来了解丽江，热爱丽江，但这不是目的，只是过程，通过这个过程，让丽江更多的老百姓富起来。

主持人：您为什么想这样做呢？

王：因为我从小就有英雄情结，帮助了别人我会很得意。而且我从小就有这样的习惯：如果别人给了我，我要回报，用我所有的力量。我觉得丽江给了我很多，我当然要回报它。我帮助了丽江老百姓后，我会很自豪，而且我的专业也得到发挥。

主持人：那您想做的第二件事又是什么呢？

王：另一件事是，我们上海人与海外的人接触比较频繁，我的表姐妹、大学同学、朋友们很多都在欧美，他们中不少人与我感情深，也热爱中国，喜欢中国文化。我觉得丽江虽然不是一个全面的窗口，但是一个很纯洁、通畅的渠道，所以我乐意在这里为旅行者们和学者们提供更多的方便和更好的服务。这就好像一个喜欢的人和她所喜欢的对象，两人中间有缘分。而我愿意帮助两方的人，发挥桥梁作用。我在大学里学的是英国语言文学系对外汉语专业，我是喜欢这个专业的。而人与人的沟通和交流，尤其是中外文化交流是需要桥梁和纽带的。我没有理由不去做好，我做不好首先就对不起我自己。

主持人：作为一名丽江人，我在此代表所有丽江人，感谢您对丽江做了好事，而且还愿做更多好事。同时，祝愿您在丽江生活得更愉快、更美好!

王:谢谢你的祝愿!我做得还不够,还要继续努力。

(节目播出时间:2005年12月)

6 瑞士青年的丽江缘

一位黄头发、蓝眼睛的欧洲瑞士男青年,因为一次旅行,和丽江结下了不解之缘。他深深地爱上了丽江,也爱上了丽江灿烂的民族文化。你也许听过许多会说中国话的外国朋友,但这位瑞士小伙子不仅会说一口流利的中国普通话,还会说许多纳西话,他有心用纳西话这把金钥匙,打开纳西文化之门。他现在瑞士苏黎世大学任助教,他有一个非常好听的中国名字:陈翔熙。尽管他每次来丽江只是短暂的停留,但他对丽江印象美好、情有独钟。

主持人：翔熙，您好！您当初是怎么来到丽江的？留下了什么样的印象？

陈：我2001年第一次来丽江，当时是和妹妹来中国旅游。到云南时先去大理待了两、三天后来到丽江。虽然瑞士有许多山，但玉龙雪山比瑞士的山高多了，从来没有看到这么高大的山；丽江风景优美，古城很漂亮。美丽的自然景观与古老的纳西文化，使我对丽江有惊喜的感觉。这次因为要去的地方多，所以在丽江只待了四天，但是相对其他地方来说算长了。

主持人：第二次是什么时候来丽江？

陈：去年又来到丽江，待了四个星期，是为学术研究来的。

主持人：请介绍一下您所从事的研究工作。

陈：我研究的是纳西族口语，口语的结构。

主持人：很多外国朋友，来丽江一般研究东巴文化，还有的是对旅游感兴趣，没听说像您这样研究纳西口语的。是您的专业还是您自己对纳西语感兴趣？

陈：纳西族是有名的民族，人们往往对纳西象形字和宗教感兴趣，而对纳西语言感兴趣的少。我的专业是语言学，攻读的是苏黎世大学语言学博士学位，要对世界范围内的小语种做研究。本来我的导师希望我选择中国西部某地的语言文化进行深入研究，但是认识丽江后，研究纳西语就成了我的愿望。

主持人：您的中国普通话讲得好，但是要学纳西语不是一件容易的事，用纳西语交流，就我来说也非常困难，您现在能讲纳

西话吗?

陈：小时候，我的祖母就对我说过："多学会一种语言，就为自己多开了一扇门窗，就能看到不同的世界。"所以学习语言我不怕困难。我学了一些纳西语，但是讲得不流利。

主持人：学习纳西语与学汉语对您有什么不同？

陈：学汉语与学纳西语有很大区别。汉语有课本、词典等，但学纳西语没有课本和词典，无法查询。

主持人：要学纳西语，就要和当地纳西人交朋友，你们是怎样认识的？

陈：我的朋友给我介绍新朋友，朋友的朋友又给我介绍更多的朋友。我在丽江的大部分朋友是纳西人，还有汉族、藏族、彝族等民族的朋友。我学习纳西语言，就需要纳西族朋友的帮助，否则学习、研究就太困难了。

主持人：去年第二次来丽江，带给您心灵上的感受怎么样呢？

陈：丽江带给我舒适，丽江能接纳外来人。我离开丽江到了中国某地，为了研究语言，在这个地方我曾在过一年，但是和丽江相对比，感到还是丽江人热情、友好，丽江是中国境内我最喜欢的地方。

主持人：您今年来丽江三个多星期了，有什么感想？

陈：这次离去年来丽江只相隔了半年，从飞机上看到丽江古城，我心情很激动，仿佛回到家了。

主持人：看来您和丽江很投缘。

陈：如果我继续研究中国少数民族语言的话，会非常高兴；如果我将来能在丽江定居的话，会更加高兴。回国后，很多人问我，你怎么看丽江？我说，很喜欢丽江。

主持人：您还会来丽江吗？

陈：一有机会就会来。

主持人：请向听众们说一句话，好吗？

陈：好！我要向丽江人，特别是向我的纳西朋友们说一句：我很高兴，你们给了我这么多帮助，相信今后有机会我们还能再见面。

主持人：请用一句话表达您对丽江的感情。

陈：丽江与瑞士相似，到了丽江，我就好像回到了家。

主持人：看来，您在这世界上有两个家了：一个是瑞士，一个是丽江。希望您常回丽江这个家看看，好吗？

陈：谢谢！以后我还会争取来丽江的。

（节目播出时间：2007年4月）

台北人于涌与绿雪斋

于涌先生是中国台北人,早年师从著名学者、台湾故宫博物院原副院长李霖灿先生,1989年他曾来丽江替李霖灿老师了却一桩心愿。八年前他又只身来到丽江,经营绿雪斋茶馆和餐馆,艰难地开办私人民俗博物馆,并从事雕刻艺术,过着他想要过的生活。今天,我们请于先生做客"丽江情缘"节目,请他讲讲他与丽江绵长的情缘。

主持人： 于先生您好！您是哪儿的人，怎么会来到丽江？

于涌： 我祖籍山东省烟台，但我从小在台北长大。来丽江也算是遵从师命吧！1989年，李霖灿先生很怀念锦绣谷，很怀念云杉坪。国立医专并校后，他1939年来到丽江，对丽江很有感情，对东巴文化很有兴趣，1989年我就是奉师命而来丽江。

主持人： 八年前您对丽江的印象怎么样？

于涌： 那才是真正淳朴的丽江，人与人虽然只是淡淡地一笑，却使人很舒畅。现在可能是受到经济发展的冲击，过去那种淳朴少多了。

主持人： 那以后还想过再来丽江吗？

于涌： 那以后没想过还会来丽江。1989年是因为送老师的相片而来丽江。1997年我到加拿大定居，原想在加拿大发展，但僧多粥少，另一位老师建议我回国发展，我就选择了丽江。

主持人： 中国有许多地方，您为什么会选择丽江？

于涌： 我是搞雕刻的，丽江有我需要的原材料，如木头、石头等，生活成本也低，在大城市要花很多钱嘛。在丽江待上三年我估计生活不成问题。我就在古城口开了一个小茶馆，除维持生计外，还可以

交朋友，找点感觉，做些自己喜欢做的事。茶馆经营了两年，我又搜集到一些民间的东西。

主持人：都搜集了一些什么东西？

于涌：桌椅、锅碗等生活用品，不一定老到什么程度，但里面要有些故事。举个例子。我搜集了一套六合门。其中四扇雕了一些花鸟，另两扇还没雕，估计只要两天功夫就可雕出。主人请来做木工的老表过世了，主人很怀念老表，他就不再请人加工，直接安上。我第一次去，老人家舍不得让给我。老人过世后，他的后代才让给我。丽江这地方很重亲情，很重友情，人与人之间感情纯正。

主持人：后来又做什么事？

于涌：后来我又开了一个私立博物馆，但时间不长。

主持人：怎么想到要开博物馆，馆里都收藏了些什么？

于涌：我搜集的东西多了没放处，而且希望别人不对我产生太多的质疑，何况把东西放在公众注目的地方，表示永远都放在公开的地方。收藏民间的木雕、石雕，日常生活用品。例如我搜集了一张鸦片床，很特殊，这张床多了一个放鸦片烟枪的盒子。博物馆开在古城南边的白马龙潭，也只开了两年零四个月。

主持人：那为什么又没开了？你的博物馆与其他博物馆有什么不同？

于涌：虽然参观的人也不少，有社会效益，但是经济上难以维持。我相信今后人们会对私人博物馆有正确的看法。我的博物馆主要有故事，有附着在物品上的故事，有代表一个地方民俗文化的故事。

主持人：收藏这些东西，有哪些难忘的事？

于涌：举个例子吧。我有一天来到一户人家，看到一个旧洗衣板，已经放在柴堆上。准备当柴火烧了。我向主人要，他当时没有答应，我去他邻居家转回来后，看到他已经把洗衣板放在了一个非常好的位置。接下来我请他卖给我。后来这将成为柴火的洗衣板成了有价钱的东西，既然可再用，可卖钱，谁也不会丢掉。

主持人：博物馆现在没开了吗？

于涌：现在还开，但是用餐馆的形式开。我在黑龙潭开了一个名叫八号的餐馆，但商标注册是绿雪斋，希望绿雪斋今后能做在文化层面上，而不是餐饮上。现在把它作为过渡也好，喘息也好，延用绿雪斋名称。我现在50岁了，老花眼，只是做设计，请了一位大具乡的年轻人做雕刻活，年青人尽量把文化溶进木雕里。

主持人：您是一个人来丽江吗？

于涌：我父母亲在1999年过世了，我是一个人来丽江。

主持人：您对今后有什么打算？

于涌：台湾是我生长的地方，但如今在丽江生活也不错。我是一个流浪型的人，走到哪儿都是家，我也不知道我的下一站在哪儿，也许就在丽江吧！

主持人：好的，祝您在丽江生活得更舒心、更美好。

于涌：谢谢您。这也是我的希望。

（节目播出时间：2006年1月）

035

他在束河设计现在与未来

麦克原先在改革开放以来声誉远播海内外的温州市从事设计工作，一次丽江之旅，使他爱上了丽江，并选择在丽江生活。在丽江束河，他开酒吧、办客栈、搞设计，同时与一位来自北京当律师的女子相恋。这位设计师认为丽江这块人间净土非常适合生活。麦克是充实的、成功的、也是快乐的。

主持人：麦克您好！您过去在哪儿做事，收入还可以吧？

麦：我在大学里学的是设计专业，毕业后在浙江温州搞设计，还开过酒吧，月收入一万元左右，但温州毕竟是一个企业家聚居的城市，收入高的人也很多。

主持人：没有来丽江之前，您对丽江有所了解吗？

麦：我是从杂志和互联网了解到丽江的，这里经济还比较落后，人们的收入水平并不高。

主持人：为什么放弃那边的事业，又是怎么想到要来丽江的？

麦：我在温州搞设计太累，工作压力大。刚好搞了五年，2005年7月，我身体不好，哥哥带我来丽江休息一段时间。到丽江后，觉得自然景色非常美，有不想走的感觉。我在古城住了20多天，一边找灵感，一边游玩，又去了宁蒗泸沽湖与德钦梅里雪山，还到了我现在生活的束河。本来身体恢复得差不多我就要回温州。但是我在丽江看到了在大城市看不到的东西，我就毅然决定留下。先是以义务工的身份给店主干活，包吃包住，边找店铺。我到丽江是偶然的，但留下就意味着不想回去了。后来在束河与人合开

了一个酒吧,叫37度2。这名字反映了对生活的一种态度,是发烧与不烧的临界点,就像我们的心态,要有点发烧,但又不能太发烧,这名字挺好,做酒吧挺合适。

主持人: 如今酒吧的规模是否扩大了?

麦: 小规模开了几个月,如今生意不错,员工已有30多人,在束河除了小巴黎外,生意可能就是我们的37度2好了。虽然起步晚,但硬件比同行要好。我开酒吧不完全是赚钱,还将自己的专业放进去,让自己的作品通过酒吧这一平台显示出来,进行沟通、探讨、欣赏。使自己以后做得更好,这才是最重要的。

主持人: 来这里的都是些什么样的人?您的酒吧规模与投资有多大?

麦: 来酒吧的人是有共同爱好的、比较时尚的人。37度2酒吧有800多平方米,前后投资了上百万元。

主持人: 听说,您在束河还有一段浪漫的爱情?您的女朋友来自哪儿?

麦: 那是在束河的酒吧开业后,认识了现在的女朋友。有天晚上我打电话给她,叫她把工作辞了来这里生活。她来自北京,是人民大学的研究生,以前做律师。我想她也和我一样,感到大城市的压力太大了,想在这边安逸地生活。

主持人: 你们在丽江,是一起开酒吧,做生意?

麦: 对。她来后我又有了新的打算,为了纪念我们在束河认识,我俩新开了一家客栈,以怀念为主题,叫时光客栈。

主持人： 还挺有诗情画意的，客栈有多大？

麦： 本来丽江的时光就柔软嘛。客栈占地面积250平方米，建筑面积将近500平方米。投资30多万元，有10个房间，与我们开的酒吧是另一种风格。在客栈里，有我的工作室，来到束河后，我接了一个单，做了一个非常成功的设计，后现代与园林式相结合，得到很高的评价。我萌生了一种想法：业余时间做设计，将自己的专业发挥得更好。在丽江，最重要的是能把自己的兴趣与特长融合，快乐地生活，其他一切都是次要的。到这边已经一年多了，我找到了更适合自己的生活方式。

主持人： 您对自己的未来有什么设计吗？能不能说说？

麦： 也许我会在这里，把现在的事做得更好，然后再去开辟更多的市场，再去将自己的爱好发挥得淋漓尽致，比如说开新店，比如说工作室规模扩大后成立公司等。但我不会像在大城市那样，在压力很大的情况下工作，而是有选择地工作，不完全是以赚钱为目的，赚钱是为了更好地生活。我们应该在这块人间净土快乐地生活，快乐地享受每天的阳光。我对束河的情感比较深，当地土著居民的劳作，淳朴的民俗风情，都在自己脑海里留下了很深的印象。以后，我还会写一点东西，也偶尔会画一些画，抒发对束河的情感。我以前在城市奋斗，与现在是完全鲜明的对比。现在比较安逸，我没有必要像过去那么身心劳累了。丽江，尤其是束河，是非常适合生活的好地方。

（节目播出时间：2006年7月）

他让普洱茶飘香丽江

9

他让普洱茶飘香丽江

东河茶马文化中心普洱茶市场部经理李庆宏来自著名茶乡普洱,他来的时间虽然不长,但是丽江美丽的山水和淳朴的民风却给他留下了美好深刻的印象。他的愿望是将普洱茶与茶马古道重镇丽江共同推向全中国和全世界,并为此做了许多有益的工作。他对丽江各界人士和广大消费者的支持深表感谢。今天,我们请李庆宏先生作为嘉宾,讲述他到丽江从事普洱茶营销的经历与感受。

主持人：李经理您好！您来自普洱茶的故乡，你们为什么会看中丽江呢？

李：我们公司经过反复考察，包括到迪庆和西藏考察，通过公司的论证，认为丽江是茶马古道重镇，又是中国最好的旅游城市之一，特别是束河，是茶马古道的重要驿站，公司认为应该把重点市场放在丽江，放在束河。

主持人：您到丽江后，生意上是否顺利？

李：很顺利，普洱茶很受这边人的喜欢，游客们特别爱普洱茶。当地政府将我们招商引资进来，给予了很大支持。昆明鼎业公司把最好的铺面租给我们，还免了半年的租金；广播电视台也给了很多支持。在这里，我们成了正宗的普洱茶专卖商，结合茶马文化、企业文化，生意做得比较好。

主持人：你们也参加当地的重要活动吗？

李：对！去年12月份参加了电影《千里走单骑》首映式，我们也做了很多纪念品，宣传《千里走单骑》，宣传丽江，宣传普洱茶文化，是与丽江永昌传媒公司一起做。结合丽江的旅游与民族文化宣传，也设计了一些宣传品，得到了当地文化工作者和游客的喜欢。

主持人：这是其中一件事，还做了其他的事吗？

李：在纪念丽江二·三大地震十周年时，我们到当年地震受灾严重的人家，了解情况，感受到丽江十年来发展得这么快，真不容易。我们做了一系列纪念品，让大家记住灾难带来的严重损

失,让大家对比十年间丽江发生的巨大变化,让大家记住海内外朋友对丽江的真诚资助与关心。

主持人:您对丽江群众怎么看?

李:我感到丽江人很淳朴、憨厚,从来不会欺骗别人。我们在与别的地方人的接触中,感到他们中很多人只会从自己的利益出发。

主持人:能不能具体地讲一讲呢?

李:初来丽江,在沟通中,他们很乐意提供这里的资料、信息,使我们能成功地打印在包装盒与宣传单上。我刚来时,曾经在古城走迷了路,天都快黑了,找一位纳西老太太问路,她叫她的孙子把我带到四方街,我感到就像自己的亲人一样。如果在其他地方，问路他可以告诉你，并且也可以给你带路，但你必须给他钱或礼品。当时我拿出50元给老太太的孙子，但他坚决不收。纳西人的纯朴使我很受感动。我有一次上玉龙雪山，下山后没有返回的车，我问一位纳西男子如何回去，他用纳西话打电话帮我叫来一辆的士，司机将我送到束河，收费合理。这位司机后来与我成了朋友，有时还到我这儿来喝茶。

主持人：您对丽江的民族文化是怎么看的？

李：束河每天都有人打跳，不分性别、年龄、籍贯，大家踊跃参与，脸上的笑容很灿烂。以纳西族为主体的古城人、束河人生活充实，与世无争，他们无忧无虑地生活。而且他们心态非常平和。不管什么人请拍照，都乐意，这是其他地方没有的，我真想长期留在丽江。

主持人：来丽江做普洱茶生意，在与人交往中感受最深的事情有没有？

李：有的。三朵节前，白沙乡政府打电话叫我去看一下，说能不能把你们的宣传设计稿做出来。我过去看后，把雪山、白沙风光、纳西、藏、白等民族和谐相处的情景做在包装图案和纪念品上，打上"2005年3月7日玉龙纳西族自治县白沙乡三多节"的字样。我们的设计都经多次修改，通过宣传、文化部门审核，认为做得好。发放给游客和当地群众，他们看后很高兴，高度认可。我们不仅仅是弘扬茶文化，还结合当地的民族历史文化、旅游文化，将它们融为一体，通过普洱茶这一知名品牌，将丽江推向全中国、全世界。有的会议，我们以最低的价格把普洱茶批出去，并且送一些纪念品，让与会者永远记住丽江之行。

主持人：通过精美的包装设计，将丽江与普洱茶共同推向全中国、全世界，这很好啊！

李：非常感谢丽江各级政府和各界人士的支持，还特别要感谢广大消费者的支持。

主持人：听说你们在丽江做生意，做文化的同时，还做了一些公益事情。

李：我们公司每年都要拨专款来支持希望小学、敬老院，来修路或赞助些生活用品。

主持人：您对丽江的了解比较多，丽江给您感受最深刻的是什么？

李：感受最深刻的是我们在古城做了个宣传，马背上驮着我们的普洱茶，吸引了很多游客和当地居民，得到政府有关部门的赞赏。我也很开心。

主持人：您觉得在丽江做生意与在其他地方做生意，最大的不同是什么？

李：丽江社会环境好，丽江人比较淳朴，没有商业欺诈行为，说出的话就会绝对做到，诚实、守信、公平、公正。

（节目播出时间：2006年4月）

阿宽与小涵的丽江情结

来自四川攀枝花的歌手阿宽曾经是一名医生,来自重庆的张小涵曾经是一名记者,这一对年轻恋人有着不同的人生阅历,却都有着相同的丽江情结。他们在丽江生活得怎么样呢?今天的节目,就请他们讲述在丽江的经历与两人在丽江相识相恋的故事。

主持人：你们好！我想先问阿宽，你怎么想到要离开家乡来丽江？

宽：因为父亲的去世对我打击比较大，就没有继续在攀枝花做医生了，无意之间做了流浪歌手，先是到华坪县，然后到丽江城，来丽江四年了。

主持人：听到"阿宽"这两个字。许多人就会想起前不久"赛歌丽江"中《桔子红了》这首走红的歌曲，这首歌是你什么时候创作出来的？

宽：来丽江快一年时，当时我的人生转折比较大，对丽江的认知度也深了，无拘无束，很开心，就写出来了。

主持人：这首歌写了四方街，唱了纳西人，流露出你热爱丽江的真情实感。

宽：是的。写歌时，很多给我感受深的人和事涌上心头，比如纳西人的质朴，丽江适宜的气候，生活的悠闲等。

主持人：当时你的生活有些什么特点？

宽：白天休息，晚上像夜猫子一样活动，泡酒吧，唱歌，在古城"千里走单骑"酒吧唱歌。

主持人：很多人想在唱歌上有成就，就会跑到广州、上海、北京等大城市，你为什么选择丽江？

宽：我也有走到这些城市去印证自己能力的想法，也在大城市待过。但我认为到丽江，可以按自己喜欢的方式做事。

主持人：作为一名流浪歌手，不仅唱歌，还要写歌，如果没有灵感,可能对自己发展不利,丽江能给你灵感吗?

宽:我觉得丽江很能给人灵感。可以这样说,丽江的一山一水,一草一木都可以给人灵感,只要找准一个切入点。四年来,我一直生活在古城,虽然年复一年,但每天面对的人都不一样,能认识很多游客朋友,全国各地的人都有。

主持人:做歌手,还认识了现在的女朋友,是不是最大的收获?

宽:对。有幸认识小涵是我最大的收获。

主持人:今天我们还请到了张小涵。小涵,能不能讲一讲你和阿宽是怎么认识的?

张:认识阿宽也算是一种缘分吧!去年4月,我和一帮朋友到丽江旅游,朋友请古城酒吧老板介绍一名最好的歌手,阿宽就被介绍来,他为我们一连唱了三个晚上的歌,唱得很出色,我们就认识了。

主持人:当时他给你留下什么印象?

张:我觉得他歌唱得挺好,而且非常有才华,人也质朴,再加上我特别喜欢丽江,就回去把工作辞了,两个月后又来到丽江。我这个人有点任性,感情容易冲动。

阿宽:她以前也来过丽江,早就向往丽江。

主持人:小涵,你来丽江,想有什么样的生活?

张:想悠闲。因为我是重庆人,那里工作节奏快,压力大,再加上城市的钢筋混凝土森林,让我感到很厌倦,所以特别喜欢

丽江悠闲、自我的生活方式。

主持人：你来丽江是否受到家人和朋友的反对阻挠？

张：肯定有。我的家人和朋友们都不理解。我辞职不做记者父母特别生气，因为我在他们心目中，是最心疼的小女儿，是家里的骄傲，我任性地只身跑到丽江来，父母自然不理解。甚至

所有的亲友都说，你是不是疯了？在他们眼中，我失去了不该失去的。但我觉得，为了我所希望的生活方式和感情，我可以放弃很多，我觉得在失去的同时也有获得。

主持人：如今你后悔了吗？

张：没有，丽江这地方是不会让我后悔的。

主持人：阿宽，除了《桔子红了》之外，你还写了什么歌曲？

宽：还有《无奈的等待》。初到丽江，还处在人生的低谷，刚开始在街头卖报，很希望有个好的开始，我歌里写的是等待一份美好的感情，同时希望等待属于自己的更好的生活。今年3月还写了《牵手》。

主持人：《牵手》是唱给谁的歌？

宽：唱给我女朋友小涵的。我就唱上几句吧："就这样，牵你的手；就这样，缓缓地走。就这样，牵你的手；就这样，就这样，就这样与你共白头。"

主持人：的确很打动人，小涵，不知道你听了后感觉怎么样？

张：《牵手》是我生日那天他写的。早晨起来，他灵感触发，趴在床头，拿一张纸，用一支笔刷刷地写。到晚上朋友们开生日晚会时，他唱给我听，我当时特别感动。拼命抑制着眼泪。

主持人：他作为歌手，是用歌表达感情，那你曾经是报社记者，是不是喜欢写些文字？

张：爱写点东西，但在丽江主要写与阿宽感情上的事。两人在一起，有甜蜜，也有痛苦；有争执，也有幸福。我将快乐的与不快乐的都用文字记录下来。

主持人：你对未来生活抱什么态度呢？

张：凡做事，做最坏的打算，做最好的努力。

主持人：在你们心目中，丽江算不算一个家？

张：应该算吧。全国很多城市我都去过，但唯独丽江，我第一次来就有很强烈的要留下来的感觉。为了这个，也在拼命地努力。

主持人：在丽江有没有非常特殊的、难忘的事？

张：丽江是一个旅游城市，接触到的人很多，可以看到、听到、感受到很多别人的故事，同时自己也在这些故事里面，其中

阿宽与小涵的丽江情结

还有我与阿宽的这段感情。

主持人：和丽江人交往中有没有印象深的事？

张：印象最深的，是我刚到丽江。住房旁小卖部一位纳西阿姨，去过第一次后，每次见面她都很热情，质朴得让我感动。

主持人：阿宽呢，有没有感觉到非常特殊的人和事？

阿宽：我初来时，在古城唱歌的一位纳西族小伙子，他的家庭要靠他经济上的支撑，但他邀我到古城唱歌。我对他说，我来了，你的收入就会降低，我们是朋友，不能为挣钱失去朋友。他说没事，你唱你的，我唱我的，很诚恳，多次这样说，我才到古城来唱，至今我俩的交情仍很深。

主持人：阿宽，你现在随心唱歌，又有红颜知己，这种生活是不是比原来更有滋味？还有什么想法？

阿宽：对啊！很开心的。同时多了一份压力。因为小涵从重庆来到丽江与我在一起，我将来面对的东西会更多，尤其是怎么才能让她家的人接受我。在唱歌方面，我要更上一层楼，做出成绩，让更多的人去欣赏，才不辜负小涵。

主持人：那么，小涵又有什么想法呢？

张：我现在作为阿宽最坚实的后盾，会尽自己所能去支持帮助他，使他在唱歌事业上能有所发展。虽然我也有来自方方面面的压力，但只要我们两个人在一起，这些都是可以克服的。

（节目播出时间：2007年10月）

融入了丽江柔软时光的雨薇

雨薇是一位来自深圳的成都女子,她曾经是深圳一家时尚杂志的记者,后来又被聘为一家杂志的主编。是什么原因使她放弃在深圳高薪与稳定的工作,来到丽江开客栈,她有着怎样的丽江情结呢,她与丽江文化界一些知名人士的友谊又是怎么建立起来的呢?

融入了丽江柔软时光的雨薇

主持人：雨微你好！你最初什么时候来丽江？

薇：我来自深圳，我经常到全国各地旅游，所以第一次来丽江确切的时间记不得了。印象最深的是那年11月份来丽江，在东大街突然迎面走来几个以前在深圳的朋友，我们都同时"啊！"地惊叫起来，他们带我去一个火塘酒吧，又遇到一位很好的哥哥王铁成，也是多年没遇到了，他开了这个酒吧，火塘的温暖使我感到丽江很亲切。我住在一个湖南女孩开的客栈里，她说她来到丽江就喜欢这里了。我心里想，我有这样一天就好了。

主持人：你与他们在深圳是怎么认识的？

薇：那是2000年，深圳有个藏族酒吧，我当时做记者，去采访时，认识了表演歌舞和喜欢在藏族酒吧玩的这几个人，相见恨晚，玩得很投机。但深圳节奏很快，之后各忙各的，联系一少，他们就慢慢在我的视野中消失了。

主持人：你在深圳从事什么工作，能让你常到全国各地？

薇：我在深圳一家杂志社上班，这杂志主要介绍全国各地的吃住行游购娱。

主持人：我想这是一本很时尚的杂志，真羡慕你。

薇：我在深圳做消费性杂志多年，有些经验后，被深圳一家小杂志社聘为主编，失去了原来的记者身份。做了三年主编，我也不用去采访、写稿，没有太多的激情，每天重复着单调的工作。

主持人：第二次择业是不是促使你与丽江结下了不解之缘？

薇：我去年在丽江待了20天左右，回到深圳后，很挂念丽江的朋友，每天在想丽江一些美好的东西，在深圳面对车水马龙和日复一日的生活，突然厌倦了。

主持人：你打算来丽江生活，那你在深圳还有亲人吗？

薇：有老公。他是一个藏族康巴汉子，但只要是我想做的，他决不会说一个"不"字。

主持人：他也会来丽江吗？

薇：我们想过，如果两人都辞去深圳稳定的工作，太冒险，因为不知道在丽江能不能生活下去。他是搞演艺的，深圳藏族人少，他的收入还可以，我们又在深圳买了房子，他这两年会留在深圳。

主持人：在此通过电波向你老公发出邀请，希望他早日来到丽江，有爱人陪伴，相信很多事情做起来会很顺心。你现在有什么打算？

薇：我和几个要好的朋友接了一个客栈，想搞得有自己的特色。我与她们三个人是在火塘认识的，有一个东北的，她现在与我一起搞客栈。另一个是重庆的，还有一个上海的，她俩在各自城市有各自的生活。我们的客栈名叫"四小辣客栈"。

主持人：嘀，四个小辣椒开的客栈。你已经在丽江生活了一段时间，现在的感觉如何？

薇：我这次在丽江近两个月了，已经逐渐适应了丽江缓慢的节奏。目前是忙于装修客栈，包括到香格里拉买些藏式的物品。

每天能结识一些新朋友,偶然也会遇到老朋友。

主持人: 能不能说说你在丽江认识的新朋友?

薇: 我有幸认识了和文光老师。是在王铁成开的火塘酒吧,有朋友邀请和老师过来。我们都很尊敬他,一起谈了些文化、音乐。他将纳西族原生态的东西讲给我听。虽然彼此间有年龄差距,但谈得非常投机。和老师还邀请我们到古城南门他开的音乐吧。

主持人: 和文光老师是纳西族音乐世家的传人,为人很随和,艺术上有执著的追求。在认识他们后,有没有潜意识的职业感迸发,想写点什么?

薇: 我没想到自己与媒体和文化界的人士如此有缘分。和文光老师想搞一个纳西人的音乐网站,出一本关于纳西族老艺人的书,可能会邀请我们一起来做。我还认识和照、土土哥哥、金甲劲松等搞音乐的人,我不管走到哪里,还是走不出文化圈,我觉得可能是上天注定的吧。注定我与这些人认识,注定我要搞文化的东西。

主持人: 这是你的职业所决定的,你是一位在不长时间里认识丽江许多本土文化界知名人士的外地人。

薇: 我希望在丽江定居下来。因为我很喜欢这个地方的人。我对其他地方的人,没有对丽江人的感情深。

主持人: 希望你在丽江能实现自己的愿望,在丽江能生活得幸福、快乐。客栈营业了吗?

薇：已经营业了，这客栈有我的心血在里边，有我的一份爱在里边。我来丽江的收入与在深圳收入相比会少得多，但我来丽江不是为了赚钱，主要是来享受一种悠闲自由的生活。

主持人：没错。用心经营一个客栈，会成为你在丽江记忆的一部分，即使几年后你离开丽江，这客栈曾经留下你辛勤劳动的汗水留下友谊，值得在记忆中珍藏。请你对听众说说心里话，说说你对丽江的感受。

薇：我想对即将来丽江的朋友说的是：不管你是到丽江旅游还是定居，或是开店铺，你要多认识丽江，并不仅仅是在网上看一些图片和文章就匆匆过来，要多结识一些丽江人，才能融入丽江。我是来了丽江四次后才做出在丽江生活与开客栈决定的，我现在基本上融入了丽江非常柔软的时光里。

（节目播出时间：2007年4月）

12

"丽江能使我静心画好画"

束河留隍会馆的主人郑泽生是广东人,他多年来都在改革开放中崛起的新兴城市深圳经营自己的企业,他同时又是一位旅游爱好者,也是酷爱美术的人。在走遍中国的大江南北后,郑泽生先生选择在环境优美的丽江静心画画,过压力少、愉快多的平静舒适的生活,他在丽江画画又有什么独到见解与独特之处呢?

主持人： 郑先生您好！您什么时候来到丽江？

郑： 我第一次是1997年来丽江，2005年再次来后，十分喜欢丽江，觉得丽江民风淳朴，人文条件较好，一切都和谐，环境气候都舒适，所以就留下来。

主持人： 您在广东感觉如何？

郑： 我在城市经营企业、画画，压力比较大，我还是喜欢丽江，回去一趟感觉有压力。我喜欢丽江的民族风情，老人们单纯，没有狭隘的东西。这在繁华的都市做不到，单纯是件很好的事。

主持人： 您来到丽江后做些什么事？

郑： 基本上是画画，主要画国画，画花鸟，画人物，也画过老人们，这里的老人生活态度好，可爱。

主持人： 丽江的山水在你眼中是什么样的呢？

郑： 丽江山美水好，但我更喜欢丽江的花。丽江的鲜花开得特别好。我来丽江后画的鲜花多。我走过那么多地方，包括看过洛阳牡丹，但总觉得它并不比束河的蔷薇开得更艳丽。这里上百年的蔷薇更有风格，别的地方没有见过这么老又开得这么好的蔷薇。黑龙潭、古城也有蔷薇，树大花繁，我住的院子里也有蔷薇。除蔷薇外，包括山上的野花、蘑菇、昆虫等，都很美。当然，这里的水也非常好，中国所有的省份我都走遍了，大部分有名气的古镇我也去过了，觉得丽江古城很不错。2005年我游过十多个省，想找一个地方落脚，但最终选择了丽江。

主持人：您来丽江，来束河，是来生活还是来画画？

郑：主要是来生活，来放松。我在广东，工作繁忙，常参加一些商业上和美术上的活动，我是广东省美协会员。在束河我每天早上起来爬山、打太极拳，打完太极拳后画画，然后休息。

主持人：在丽江是否找到创作的灵感？

郑：灵感肯定比在都市好。在深圳活动太多，没法安静，在这里可以一天不开手机，一直画。在这里画画的进步，超过在深圳很多倍。搞美术的有灵感更能把画画好，在丽江能使我静下心来画好画。对此我深有体会。

主持人：您画画，是爱好还是有什么追求？要达到什么样的目标？

郑：都是。如果完全是爱好而没有追求，那就没有成功感，没有成功感，很多人不愿去做。我以前画画是为了利益，我想，如果我的商业失败了，那可以用我手上的画笔去谋生。等到我生活无忧无虑的时候，我就爱上了画画。你被人们认可了，就会喜欢，喜欢上了，就会更用功。六年前，我非常狂，齐白石、张大千等画坛大师在我眼中没什么不能超越的。但这两年，经过深思，我感到这件事并非你想的那么容易；另外，你如果向大师级目标努力，也可能做到，但你要一辈子疲倦地生活。现在，我做到了很自然地画画，人们不认可也无所谓。也可能十年以后，想法还会改变。

主持人：您如今在丽江还有一个客栈，经营情况如何？

郑：是有一个客栈，还可以，但我自己不直接经营，有人帮我在照看，一切交给他们打理，我只是画画。

主持人：有人说，外地人来丽江，多少都有些特殊经历，请问您有没有特殊的故事？

郑：在丽江我没有艳遇，什么特殊的故事都没有。我曾经跟人说过：如果我只有这个客栈，没有其他牵挂，我会更幸福。但明知自己在丽江很幸福，你却做不到对原住的城市无牵挂，我内心非常喜欢在丽江待着。

主持人：看来，平静、舒适是您的生活态度。

郑：在束河，我觉得非常舒适，但我回到深圳就不是这样了，有压力，生活带给你很多压力，有很多要去做的事不能让你愉快地生活。我在深圳曾被评为两届优秀青年企业家，很忙，一回去就感到太累。

"丽江能使我静心画好画"

主持人：能否冒昧地问下您的年龄和打算？

郑：我是七十年代生的。一年中会来丽江住两三个月，以后准备长期在丽江。

主持人：今后在画画方面有没有长远设想？

郑：我觉得艺术上还是顺其自然好。

（节目播出时间：2006年9月）

"丽江是个值得常住的地方"

来自南国大城市广州的马鱼先生以绘画为业。他认为：丽江山水秀丽，风情民俗很有特色，生活在丽江比生活在大城市更放松，人与人之间的关系更和谐自然，少数民族淳朴友好，丽江是个值得常住的地方。那么，马先生是怎么深深爱上丽江的呢？他在丽江的绘画事业怎么延续着呢？

主持人：马老师您好！您是什么时候来丽江的？

马：我老家是宁夏，原来在广州画画，来丽江有一年多了。

主持人：听说您在广州生活还不错，为什么会来丽江？

马：四年前，广州的一些朋友给我介绍了丽江的一些情况，也从广东一些报刊看到介绍丽江的文章，当时觉得这地方很新奇，有点像江南水乡。出于好奇，2002年底来到丽江，玉龙雪山对我的吸引力很大，我被震撼了，到古城感觉也很好。

主持人：您觉得丽江好，是来搞创作还是来生活？

马：首先是生活，第二才是创作。因为在这里心情舒畅，才能找到一种与自然对接的感觉，在这里可以产生创作的灵感，生活是创作的源泉。

主持人：这样您就在丽江住下了？

马：没有。因为还有些事情，在古城待了一星期就到了华坪县荣将。看到田地里绿油油的，就住了三个月，每天与妻子和四岁的儿子四处画画，心情很愉快。后来回到广东，遇到非典，城市空气污染严重，噪声大，讨厌城市的喧哗，突然接受不了，真想还是回去丽江。2003年底，有位加拿大的朋友和广州一名摄影师朋友，加上我共三人，自驾车来丽江，先到宁蒗泸沽湖，后到丽江古城。

主持人：到泸沽湖的感觉怎么样？

马：我的朋友开了十年车，但从未出过广东。他将车开到湖边，激动得直流眼泪。这是他理想中最纯洁、最美丽、最神秘的地方。他从车上拿出鱼竿摆出钓鱼的架式,并不在乎能不能钓到鱼,要我替他拍照。

主持人: 那么您到泸沽湖的感觉又是什么呢?

马: 我被泸沽湖的美景震惊了。我爱这里的山水,爱摩梭人的木楞房、猪槽船,摩梭女的百褶裙和头饰也很美,篝火晚会上的民族打跳很感人。在泸沽湖期间,我非常愉快,我拍了许多照片。

主持人: 你们在泸沽湖待了几天,又来到丽江城?

马: 两天,回丽江又待了四天。在玉龙雪山、束河古镇等地拍了很多照片,加深了我对丽江的认识,促使我决定第三次来,希望在玉龙雪山这个大背景下能在丽江长住。

主持人: 第三次是在回广东后多久又来的,对丽江又有些什么认识?

马: 半年后,做了一些准备。我与朋友说,古城的石板路让我走不烦,当地的民俗很有特色,丽江人淳朴、直爽、好客,尤其是真诚。

主持人: 能不能讲一讲你和丽江友人之间的故事?

马: 和丽江友人的交往过程中,我们把各自的职业、身份都忘了,自然而然地融合到一起了。我们都崇尚真善美,在与纳西、彝、摩梭等各民族朋友交往中达到了物我两忘的境界。我特别喜欢听他们讲民风民俗,有意思的事,包括丽江的土特产品。我觉得我也成了纳西人。

"丽江 是个值得常住的地方"

主持人: 你在丽江怎么安排日常生活?

马: 我在古城一所小学办了个美术培训班,学员有小学生,有外地来学画画的青年人。我希望用自己的一技之长对丽江作点贡献。我要使孩子们在美术上有所提高,进行审美教育,发挥所长,尽己所能。

主持人: 今后是打算一直住下去,还是有其他想法?

马: 在丽江很愉快,还没有要走的打算。估计在丽江还要待好几年,也有可能长期待下去。目前我在丽江已经有很好的朋友圈子,没有孤独感,反而觉得丽江比大城市更放松,人与人之间的关系更自然,没有隔阂或虚假的东西。丽江是个诱人的地方,当地居民的目光、语气非常真诚,少数民族淳朴友好,丽江是个值得常住的地方。

主持人: 未与您交谈之前,我觉得您是画画的,所以只是被丽江的风光美所吸引。通过交谈,我知道了您不仅喜欢丽江美丽的山水,更觉得丽江人好。能不能用一句话来概括您对丽江的感情?

马: 我对丽江很依恋,舍不得离去。

(节目播出时间:2005年7月)

14

为古城画苑添奇葩的康志合

　　说到画，大家首先想到的是用笔墨画在纸上的画。今天要说的不是纸画，而是内画。内画是什么玩艺呢？在丽江古城创作内画的河北画家康志合，是第一位、也是至今唯一的一位在丽江开内画工作室的人。他认为最大的收获就是能在古城安静地做自己爱做的事。康志合先生已经在丽江买了房子，全家都搬到丽江安居乐业。

主持人：康先生您好！您老家在哪里？来丽江多长时间了？

康：我是河北省衡水市人，再有两个月就到丽江七年了。1999年我到昆明世博园搞展览，展览办完后听说丽江很美，就来到了丽江，当初是来旅游，但到丽江后打算待上两年，这一待就到现在了。一直在做本行，画内画。

主持人：能否给大家解释一下什么叫内画？

康：内画最早出自明末的鼻烟壶，清初有一位才子发明了内画工艺，在一个玻璃器皿内壁做了一点图案，是很偶然的发明。内画至今已有300多年的历史了。

主持人：您来丽江前何时学的内画？内画与其它画有什么不同？

康：我从小就喜欢画画，从18、19岁就开始搞内画，画内画已经20多年了，内画是用极小的一支毛笔，用图画原料和墨在透明或半透明的瓶子内壁作画，原料是普通的国画原料。内画的优势在于很长时间颜色仍然鲜艳，这是纸画比不了的。纸画因为时间长了会氧化，而内画可有效地保护使颜色不易氧化。

主持人：您到丽江后经营状况怎么样？

康：一开始经营不景气，因为多数人不了解内画，云南人基本没见过内画。世博会刚过，我在古城租了一个铺面，后来的铺面在光义街现文巷33号，现在七一街也有一个铺面，是我的一个鹤庆籍的学生在经营。我打算多招几个学生，将内画传承下去，如果理想的话在丽江开创另一个画派，但招学生不顺利。

主持人：您觉得丽江人对内画了解的有多少？买内画的是些什么人？

康：没有与我接触过的人，了解内画的极少，来买内画的什么人都有，但外国游客多一些。纳西人也有买的。内画是很漂亮的工艺品，有空间感和艺术价值。

主持人：内画用什么样的材料好？

康：内画最好用透明度好的光学玻璃，普通玻璃会有很多气泡和杂质。光学玻璃能最大限度地体现内画的特点。打算画出一些有特殊效果的作品，就会用天然水晶或半透明的材料。

主持人：一件内画作品，大概要多长时间才能完成？

康：简单的只要两、三个小时，复杂的要画十多天甚至一个月。

主持人：一个月完成的作品，价格是多少？

康：每件作品本身的价格不算高，一般在500元左右，但我可以按这个手法和创意重复做。

主持人：我看内画的材料都比较小。

康：材料如果大了，笔伸得太直，就很难保持稳定性，一般高度为10厘米，大件高度一般20厘米，最大的30厘米。

主持人：您在丽江七年，收获最大的是什么？

康：是我终于能长期在这里待下去了，能安安静静做自己想做的事了。我认识了很多朋友，他们给了我很多启发。原来待在北京、杭州、昆明，总是有些压力，快节奏带来的压力。丽江比较轻松些，丽江的生活节奏不快，这样有更多的时间进行构思，

好的构思融入画面，对搞创作是很有利的。

主持人：您现在收入是否比较稳定？

康：有时某个月不稳定，但从一年看，收入是稳定的。收入不是很高。不同质材、功夫与技巧的内画，其价格悬殊相当大。少的一、二十元；有些名家用最好的材质，如天然水晶、天然玛瑙创作的作品，有极高的收藏价值，那价格就高了。

主持人：朋友们给予您哪些启发？

康：启发有画法、手法、笔法、色彩、画面构成等。在别的地方也有启发，但当时我只是在学而已。在丽江则触动了灵感，从内心发出来的。我探索着新的路子、新的笔法、表现手法，这可不是简单的事，可能要十几年的辛苦努力，如果能在这方面获得成功。那真是太好了。

主持人：您来丽江，是一个人还是一家人？

康：开始是一个人来。到现在全家人，包括母亲、太太、两个儿子，他们已经迁来丽江四年了。我把老家的房屋也卖了。在丽江买了一所房子。

主持人：您太太是否也是画内画的？是否打算长期待在丽江？

康：她常帮助我一起创作、设计，也能做一些较低档次的内画，她做这行也十多年了。丽江的自然环境、气候、水质都是最理想的，我们打算就在丽江生活下去。这里也有我的空间，有我想做的事情，有很多好朋友，丽江能使我快乐地生活。

主持人：除此之外，您还有什么想法？

康：我在做这么一点事：就是我能介绍一些朋友与上学有困难的孩子们相互认识，让他们来往，有些朋友愿意拿些钱来帮助困难的孩子。

（节目播出时间：2006年9月）

江措与边缘2416工作室

在古城木府旁一个幽静的小巷里，有一个名叫边缘2416（丽江古城的海拔高度）的工作室，工作室策划人江措过去久居欧洲，和朋友一起在伦敦开设计公司。一个偶然的机会，他从英国来到丽江。江措认为丽江有中国最好的山水，丽江像一位清纯质朴的乡村少女。丽江有许多朋友与江措交往，丽江成了他施展才华的地方，他爱上了丽江，丽江成了他另一个心灵的家园。那么，江措有着怎样的丽江故事，对丽江发展文化艺术又有哪些独到见解呢？

主持人：江措您好！您是什么时候来丽江的？

江：我最早是2002年来到丽江。那时与某电影公司有个合作，为了拍纪录片来到云南，来到丽江后，看到特有的蓝天白云，多民族聚居，民族服饰与民族语言生活环境与内地城市迥然不同。

主持人：在此之前对丽江有了解吗？

江：我在英国听朋友说，丽江是中国西南的一个古镇。听国外介绍的包括纳西古乐，古镇的其他一些东西。那时国外播出过一部纪录片《云之南》，从这部纪录片上看到的丽江和现在不大一样了。

主持人：知道丽江后，什么时候想来丽江呢？

江：1999年就想来。但是当时在中国南方有些朋友，想共同做一些事情，可能机缘不够吧，一直没来成。

主持人：您来丽江之前在过国内哪些地方？过去主要做什么事？

江：北京、上海、广州、深圳等都在过。我从事的职业非常杂，最早是画油画，后来做过策划，设计，办过画廊。

主持人：能不能讲一讲第一次来丽江的深刻印象？

江：到丽江后感到这是一个好地方，在一个小地方能看到多元的文化生活状态。这在内地城市是非常少见的，内地城市单一，缺乏多元文化。纪录片《云之南》里的丽江的影子，来后还能找到，只不过游客比过去多了。

主持人：您是什么时候想在丽江留下来？

江：应该说早了，但一直没有找到机缘，因为我要留下来，纯粹居住的可能性不大，要能工作。我想找一个地方，能发挥自己的专长。后来在古城有了一个600多平方米的空间，就开了个边缘2416工作室。2416是丽江城的海拔高度，"边缘"强调的是我们不追求主流的生活，强调边缘的心态，边缘的思考。

主持人：为什么会有这样的想法呢？

江：因为我本身也是个流浪艺术家，而中国目前社会上，商业味比较浓，对一些流浪画家、歌手来说，他们需要一个自己的空间，这样才不会有一种受压迫的感觉。边缘是一个比较轻松自在的环境，他们可以在这里逗留一段时间。

主持人：工作室主要做什么？

江：做文化，进行展览、交流。尽自己最大的能力将丽江的本土文化和外地文化对接。因为丽江是一个包容性很强的地方，可以通过这个平台，展示丽江的本地文化。就像我们做的音乐会，有来自北京、昆明等地的音乐人，同时安排了本地一些歌手，同台演出，展示他们各自的特点与才华。

主持人：您的工作室开办了多长时间？心里有什么感受？

江：2005年开办的，快一年了。感受是从过去一个背着包的漂泊人到有了一个定居的地方，也为其他人提供了场所。在这个过程中，做了很多事。我们被很多人关注，也与很多人融合。而且结识了来自不同地方的朋友，会有很多交流。这是最大的收获之一。我们很感谢丽江人为我们提供了这样一个空间。

主持人：您结识的朋友中有纳西人吗？

江：我有很多纳西族的朋友，像肖煜光、和文军等人都是我的朋友。在古城中，有这样一些青年，他们对外国文化并不陌生，他们生活得很充实。

主持人：开这个工作室是经过深思熟虑的吗？

江：对。来丽江的人，玩好、吃饱喝足后，应当知道有一个地方能让他们看到这里不仅有本地文化，还有外来文化，更多的情况是，对艺术感兴趣的人到这里能找到一些灵感，或者触发他们的灵感。

主持人：您今后是否要一直待在丽江？

江：我想这段时间肯定是要多花些时间在丽江做策划等工作，以后还要出去，目前工作室也不是我一个人撑着，还有一些搞艺术的人在做。

主持人：很多人说丽江是个好地方，您觉得呢？

江：丽江是个好地方，它好在有清澈的水，湛蓝的天，多民族相互包容。有乡村的感觉。世界上许多城市有一个相同的脉络，即都是来自农耕文明。但那些东西很快将消失。不可承受的就是人与自然的不和谐，而丽江还保留着农耕文明的特点。比如你晚上走在古城的石板路上，能看到小桥流水，花草树影。这就是为什么很多都市人来到丽江都有一种感觉，想留下来，这是一种内心的召唤。

主持人：您对丽江有什么情感和看法呢？

江：我已经把自己当做一个丽江人了，丽江就是我的另一个故乡。我想我以后可能会老死在丽江的。谈到看法，我感到丽江发展太快了，希望它慢一点，不要像内地有些城市一样。人们的心理慢慢会变的。我希望好好爱护丽江，因为它是中国一片不可多得的人间净土。

主持人：用您画家的眼光，如何看丽江？

江：丽江像一个非常质朴的乡村少女，清纯美丽，所以在丽江以后的发展中，希望不要脱离清纯，要掌握住节奏，不要太快、太急躁。过多的修饰就像在乡村少女脸上加了浓妆艳抹一样不协调。

主持人：除了画画，听说您还喜欢音乐，是吗？

江：我特别喜欢音乐，喜欢与音乐人打交道。

主持人：用什么歌来比喻丽江，比喻对丽江的爱？

江：我觉得丽江属于民歌，一种非常清澈、质朴、单纯、欢快的民歌，而不是交响乐。

主持人：您对丽江感触最深的是什么事？

江：对丽江的第一感觉是有这么清的水贯穿全城。坐在新华街的凳子上看水，感到丽江有中国最好的水。其次是丽江有清纯质朴的乡村风格，加上多民族的环境。当然还有些细节也感人。比如说晚上走在石板路上的感觉，甚至我回到欧洲后还想着古城明月下的石板路。

主持人：在丽江有什么特殊的经历和故事吗？

江：我在丽江的经历并不特殊，就是交一些朋友。然后去静静地想，尽量做一些低调的事，如果想在丽江做轰轰烈烈的事是不对的。

主持人：您个人有没有什么希望与构想？

江：我希望自己以后能做一些实实在在的事，比如对民族音乐的挖掘。我虽然不是音乐人，但我会找一些对音乐很关注的人来做这件事，让优秀的民族歌手、音乐家展示他们的作品。纳西族作为优秀的民族，有优秀的文化表现形式，有优美的音乐，但还没有得到应有的关注。有些优秀的民间歌手，也许在山上牧羊放牛，也许在地里种包谷，没有人知道他们，没有人明白他们的歌有多么强烈的冲击力。更多的则是做一些挖掘工作，同时把外面的音乐引进丽江。

（节目播出时间：2006年12月）

16

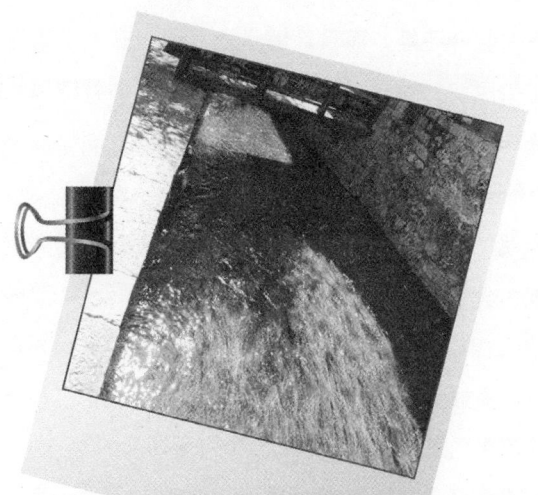

"丽江圆了我电台主持人的梦"

来自华中第一大城市武汉的柯燕,在丽江人民广播电台做主持人已经一年了,柯燕主持的众多栏目,尤其是音乐节目"音乐106"、"丽江的歌"、"老歌回放"等深受听众喜爱。在2006年举行的"赛歌丽江"上,由她创作并演唱的《梦回丽江》荣获演唱银奖,创作铜奖。柯燕有着剪不断的丽江情思。今天,就请柯燕给听众朋友们讲述她怎么从大武汉来到小城丽江,她又怎么由一名大学音乐老师成为一名电台节目主持人的真情故事。

主持人：小柯你好！你老家是湖北省吗？你在大学当老师的收入还不错吧！

小柯：对！我大学毕业后在华中师范大学汉口分校音乐系教音乐。在大学教书收入还好，而且环境也还可以。在大学工作了三年。早就有了来丽江的想法，在我第四次来丽江后就做出了辞职来丽江做广播电台主持人的决定。

主持人：为什么会做出这样的决定？

小柯：因为我的心丢在了丽江，我要把我的心找回来。很多人都曾经问过我为什么到丽江，甚至有些人认为我疯了，放着大学教师这么好的工作，为什么不好好待在武汉？认为我在和自己开玩笑。他们不了解丽江，不知道丽江有多美。

主持人：非常想了解你是被什么东西吸引来丽江的？

小柯：最初来丽江，是2005年7月25日。学校放暑假，自己的感情当时发生了一些问题，心情不好，再加上在大学工作压力也很大。我们音乐老师都要出成果，学生也要举行音乐会，而我教的学生不可能人人都出色。种种原因让我想离开武汉，因为那对我来说是一个伤心地。我想找一个很清静的地方。我的朋友告诉我：你是搞文艺的，为什么不去丽江呢？丽江是一个值得去的地方。朋友想帮助我走出感情的困境。

主持人：来到丽江后，现实与你想象的有差距吗？

小柯：7月25日来到丽江已经是晚上，丽江比我想象的还美。朋友将我带到了束河古镇。我双脚踏上这片土地，就有一种莫名

其妙的亲切感。我在上学读书时,就比较喜欢民族性的东西,民族音乐、民族服饰、民族风情等,这可能是一种情结,好像我上辈子就是这儿的人。夜游束河,清清的泉水、悠悠的石板路、静静的小巷,古朴的民居,使我心里的烦恼、压力都消失了。

主持人: 这次你在丽江待了多长时间?

小柯: 原来打算在一周。但丽江给我留下了很好的印象。我是一个很感性的人,当地居民、出租车司机都给我留下笑容和美好印象。有次我独自在古城石阶上发呆,看到有一位纳西族老大妈拿着把火钳,背着个小背篓,在捡行人扔掉的垃圾,我很受感动。每个丽江人都懂得保护环境。一周后朋友们都走了,都按预定的计划去了海南岛,而我却独自留下了。我的心情非常平静,尤其是在白沙听了老人们演奏的纳西古乐,我就想要多待些日子,用心去聆听古乐。想融入这些人的生活,这并不难,因为当地的人都很淳朴善良。一位演奏古乐的和老师送给了我《到春来》曲谱,还送给我一个芦管,我至今都还保存着。我在这儿生活了一个月,住的不贵,小吃很合口味,包括酥油茶我也觉得好喝。

主持人: 丽江很多东西都适合你吗?

小柯: 是的。包括走在街上,到四方街去打跳,我穿了一件纳西民族服饰,有的人就说:那是一个纳西女孩。我听了很开心。8月25日才回到武汉,因为学校要开学了,我真希望永远留在丽江,是依依不舍地离开。回到武汉的第一天真不习惯,无法将对丽江的记忆剪断。于是写出了一首歌曲《梦回丽江》。当年的十一黄金周，我又来到丽江，我太思念丽江了。

主持人： 什么时候你有了放弃武汉的工作，到丽江求职与生活的打算？家里人都同意吗？

小柯： 确切地说是2005年底。我和父母亲讲述后，他们都反对，说太不可思议。他们认为丽江是好，是全世界知名旅游城市，去丽江旅游可以，但去丽江工作，就很不现实、很幼稚。他们说："你自己的事，自己考虑，但如果去丽江工作生活，将来是要后悔的。"他们担心我会遇到想象不到的困难。

主持人： 你又是怎么想的？

小柯： 我认为人的一生是很短暂的，如果能够实现理想，是很幸福的。我当时无意中翻看了自己1996年上大学时的日记，我的第

"丽江圆了我电台主持人的梦"

一个理想是做一名电台主持人,在大学时我就做过节目主持人,对此很喜欢。现在理想没有实现有些辛酸。当然做老师也很快乐,如果当老师有许多学生喜欢你、崇敬你,也会很满足。但是如果眼前有一个让你选择的机会,能实现你的梦想,你说你会选择吗?

主持人:我会选择的,我丽江师范毕业后,也选择了广播电台主持人的工作。

小柯:说来也是缘分。2005年末,我点击了云南人才网,发现丽江人民广播电台在招聘人,我看到后非常激动,电台只招男主持人,我要试一试,就算不行也要知道结果。电台领导从电话中听了我的想法和声音后说,你的声音很好,与我约好寒假面谈,我也要了解电台的具体情况,就于2006年元月又来到丽江。广播电台的工作定下来后,我回到武汉教完了下学期的课程。2006年7月3日到丽江电台上班,主持"直播丽江"的节目,心情很好,因为做节目主持人圆了我多年来的梦。当然第一次做节目很紧张,与另一位主持人王静的声音有点失衡。王静人很好,在她的耐心帮助下,我能在直播间里独立主持节目了。电台领导对我主持的节目表示满意,我对今后做一名优秀主持人充满了信心。

主持人:也许有些人会想,你做主持人只不过是短暂的,你会长期做下去吗?

小柯:会有朋友认为我只是来过过瘾,只是来圆圆梦,过不久就会离开丽江。但我要说的是:把一切交给时间来证明吧!丽江是一个让我魂牵梦绕的地方,是我与生俱来的情结。我爱上丽江了，可能是要嫁给丽江了。就像向丽《嫁给丽江》那首歌唱的。我还要参加"赛歌丽江"的比赛，伴奏音乐是我的学生做的。我有一个学生在我的影响下，也爱上了丽江。这位学生也写了一首歌《丽江的山水丽江的情》。

主持人：许多听众朋友都喜欢聆听你那优美的歌声。能不能给听众朋友唱一唱你写的一首丽江的歌？

小柯：我把自己写的《梦回丽江》的高潮唱一唱吧："梦回丽江啊，梦回故乡。虽然我远在他乡，但我的心永远属于丽江！"就唱这几句。以后听众朋友会在丽江的歌舞活动中听到我的歌声，可以从歌词上听出我对丽江的向往。在新的环境下，会有新鲜的东西，我一天比一天喜欢做电台主持人，我十年前的梦想实现了。因为人生一大快乐，就是在一个你喜欢的地方，做一份你喜欢的工作。

主持人：你最想向收音机前的听众朋友说点什么话，作为结束语？

小柯：我最想说的话是：如果你有机会实现理想的话，你一定要抓住这个不可多得的机会，因为生活中美好的机会，需要我们去把握。愿听众朋友们快乐生活每一天！

（节目播出时间：2006年7月）

北京姑娘苗卉钟情丽江

17

北京姑娘苗卉钟情丽江

苗卉是北京人，在成都某大学读书，一次丽江之旅使她钟情丽江。她感到丽江像世外桃源，没有大城市的喧闹，能使心情得到放松与平静。苗卉来到丽江电视台实习，她希望大学毕业后来丽江工作和生活。

主持人：苗卉你好！许多人都希望在北京、成都、昆明这样一些大城市工作与生活，为什么你想来丽江工作与生活呢？

苗卉：我是土生土长的北京人，在北京生活了20年，现在四川成都上大学。还没有到丽江之前，我还没有想过要离开大城市，到丽江后，感到这是个世外桃源，而大城市很喧嚣、热闹，我不大能融入那样的社会。当我第一次踏上这片净土，我感到轻松多了，没有那么多烦恼。这之前我母亲来过丽江，她告诉我这里很美，可当时我认为再美的风光也算不了什么。

主持人：实际的丽江与你想象中的不一样吗？

苗卉：对。可能大家都看过《一米阳光》，我曾经想这是一个被美化了的古镇，并不像影视上演的那么美。我去年四月份作为一名游客，来欣赏这里的自然风光和人文气息。

主持人：你是一个人来的吗？

苗卉：不。我是奉命陪姥爷和姥姥来。他们来丽江旅游，我就充当保护使者。

主持人：听说这次来丽江你认识了一位导游，你能不能讲一讲你和他相识的一些事？

苗卉：我俩认识纯属偶然。他当时并不是要带我们这个团。我们没人带了，他就过来帮忙。上雪山时，两位老人有高原反应，他一直忙前忙后，帮老人拿氧气瓶，拿药，搀扶，给我的感觉是这里的人很淳朴、很善良。

主持人：他给你的印象不仅是这些吧？

苗卉： 跟他交往多了(回去后有电话联系)，后来又到过几次丽江，共相处了近半年吧。有一种心丢在丽江的感觉。到成都后，虽然说不上茶饭不思，但有时做着事，看着天空，就使我想起丽江。

主持人： 你与他之间是谁主动联系？

苗卉： 我们属于双向平衡，心有灵犀。我正想给他打个电话或是发个短信，他的短信或电话就过来了，是一种双胞胎才有的感觉吧。熟悉了一个月，就差不多好上了。但还是非常理智的。

主持人： 你想没想过你是北京人，在成都上学，他在丽江，你们这段感情是不实在的？

苗卉：也想过，回去与好友谈起，她们觉得只是一见钟情，虽浪漫但不现实。但我想这是一种缘分吧！缘分是上天注定的，你想改也改不了。

主持人：所以后来你又来丽江了？

苗卉：对。我爱这个城市，想通过自己的努力找到一份适合我的工作，和我喜欢的人在一起。

主持人：又来丽江后，有没有给你留下特别的印象？

苗卉：因为在丽江电视台实习，玩的时间没有原来多了，但与台里的老师一起工作，学到了很多原来学校里学不到的东西。工作之余，和朋友们一起去玩耍，可以调节一下。

主持人：在朋友眼中，有没有羡慕你俩的？

苗卉：刚开始时，他们觉得大城市的女孩子，不可能融入我们小城市中来。后来通过了解，看我们比较投缘，朋友们说，你俩是值得羡慕的一对。

主持人：你来丽江，父母有没有反对？

苗卉：肯定是反对的。他们觉得在北京生活了那么多年，独自到丽江，会很不适应的，或者是有了男朋友一时冲动。直到我来丽江实习初期，父母都很不理解，他们时常说我不听话，太让他们操心了。我长这么大，第一次跟父母吵架了。事后觉得挺对不起他们，他们是担心我，怕我有什么闪失。他们对小女孩独自在外生活不放心。但他们没有过多地阻挠。他们说："既然是你自己选择的，就走好，将来不要后悔！"

主持人：父母知道你和男朋友之间的事吗？

苗卉：我跟他们说了，我无论什么都与父母说。在丽江的日常生活中，不经意间你就会碰到好人。丽江的人对我有很多帮助。我生病了，他带团忙不过来，会有朋友来照顾，问寒问暖。

主持人：你在丽江，在朋友面前是否感到骄傲？

苗卉：我常给外面的朋友打电话，告诉她们丽江像世外桃源，心情得到放松。前段时间一个好友来丽江后说："苗卉，你确实没说错，丽江像世外桃源。"她也喜欢丽江，但由于家庭的原因，没来成。

主持人：有人说，在沙漠里只要有爱情，也会长出玫瑰。假若丽江是一个荒凉的地方，能不能长出你俩的玫瑰？

苗卉：我觉得如果两人都有心的话，无论什么情况下，大家都相互扶持，那样就很好。不要说今天你给我多少甜言蜜语，明天我给你多少朵玫瑰，那样太虚荣了，实实在在才是真。

主持人：现在你和父母之间的关系如何？

苗卉：现在比较协调了。我来这里电视台实习后他们感到吃惊，高兴小女孩知道为自己未来去做。母亲在家时，也会上网看一些节目，介绍给我哪些节目好，可能会对你们的节目有用。他们现在比较关心丽江的发展。

主持人：假若有可能，你会一辈子生活在丽江吗？

苗卉：我还没有毕业，我在这里实习一段时间后还要回去继续深造。如果这边适合我发展,丽江容纳我,我会在丽江生活的。

(节目播出时间:2006年5月)

18

她参与了"赛歌丽江"

来自昆明的张龙洁虽然只有20多岁，来丽江前却经历了许多不如意。她放弃了在春城优越的生活条件与工作条件，只身来到丽江从事文化艺术传播工作，她认为丽江是一个容易接纳人、能使人心情归于平淡的地方，她深深地爱上了丽江的灿烂阳光和她所从事的工作。那么，张龙洁又有着什么样的丽江情结呢？

主持人：小张你好！你是什么时候来丽江的，丽江给你的感受如何？

张：我是去年中秋节时来的，来丽江已经一年多了。丽江是一个温馨的城市，不像大城市那样喧嚣。

主持人：为什么这样说呢？

张：因为我来丽江之前，曾在昆明、在上海做过其他事，感受到人世的纷争，到丽江我找到了自己的位置。在外边工作非常不开心，一是压抑，另外是人与人相处不像丽江这样真诚，至少，过去我接触的人中，大家都带着面具生活。

主持人：你在昆明和上海做什么工作？

张：以文职为主，因为我是学工商管理的。我来丽江出乎许多人的意料，在昆明的亲戚都想不通，说我怎么放弃这么好的条件，在他们看来，我这样的生活他们是不屑的。

主持人：你所讲的条件是什么样的呢？

张：家庭条件，包括相当的基础，这样进入社会能一帆风顺。

主持人：你为什么放弃？

张：为了丽江，我就为了丽江的阳光。这样的阳光很温暖。当我第一次踏上古城的瞬间，我的感觉就是这里的阳光不像大城市的阳光。在北京、上海，看得见太阳，但不暖和；昆明的阳光晒得着，但空气质量差。

主持人：是你的心理作用吧！

张：也可能是，但在我与阳光之间是没有杂质的。第一次来古城时，看到是蓝天白云，我坐在古城边一家小吃店吃东西，按照当时朋友的说法，眼神都不对了，从那时开始就爱上丽江了。

主持人：有没有怀疑这只是一种错觉？

张：有过，因为那时来丽江，让我找不到自己，怀疑掉进时空的隧道中了。当时我就感慨世界上居然有这样的地方，真是太美了！后来一直在昆明与丽江之间行走，而真正定居是从去年才开始的。

主持人：你来丽江主要做什么事？

张：从事文化传播，是公益性的事，希望通过自己的努力，通过媒体的努力，将许多东西让外面知道。我在天雨流芳公司，可能人家不知道，说起："赛歌丽江"可能很多人就知道了。

主持人：对。前不久曾经办过"赛歌丽江"大型演出活动。

张：当时，大家看到的是台前的老纳，是执行总监；土土哥哥，是艺术总监；他们是以评委身份出现。而我在幕后，主要负责内务，是行政总监，有大型活动，就做一些现场协调工作。

主持人：平时工作中，觉得快乐吗？

张：工作哪怕再苦再累，也是很享受的。最累的就是"赛歌丽江"那段时间了，但不像在外边，做完一件事有很多抱怨的。在丽江，人与人相处不带面具，很融洽。在"赛歌丽江"活动中，认识了许多朋友，也让很多有才艺的人走上台，不管多苦多累也就值得了。

主持人：你来丽江是来工作还是来生活的？

张：一开始是打算来这边生活，但一离开家，单纯的生活是非常不实际的。我给自己许了个愿：希望2007年有更多的时间来晒太阳。

主持人：那别的事想过没有？

张：暂时没有。想到的是如何把工作安排好，做得很棒，这样就有时间来享受丽江的阳光，因为这是上天最大的恩赐。丽江是一个很容易使人失去自我的地方，生活上的事就没有真的刻意要去做什么。我在丽江有许多朋友，有来丽江前认识的，有来后认识的，他们对我的帮助与照顾，让我走出孤独，让我很勇敢地站了起来。

主持人：在你的生活中，有没有使你感动的事？

张：有。其中一件事，是我刚来丽江，连续发高烧一周，刚好是国庆节，父母有出行的安排，怕影响他们旅游的心情，我没说。丽江的朋友陪我看病、输液，一位朋友的妈妈还给我送来退烧药与煮白菜粥，那时感到特别温暖。我非常感谢丽江那些照顾我的朋友们。

主持人：业余都做些什么事？

张：邀上几位朋友，逛街、吃小吃、聊天，时间允许的话爬爬山，进行一些户外活动。很快乐。

主持人：你有很多爱好，特别是音乐，是吗？

张：我以前学了三年声乐，进入高中时考合唱团没考上，考电台播音员又没考上，就转为做乐评，我做了八年乐评。

主持人：你年纪不大，受的挫折不少，我想这与你到丽江工作有关。

张：对。包括在工作上遇到的事，更觉得丽江适合我这样的人。在丽江可做些自己想做的事，而且在很多人心目中，丽江是一个容易接纳人、包容人的地方。因为工作的原因，使我走进直播间，把我的经历告诉大家。其实有很多人也希望来丽江，过平静的生活。

主持人：留在丽江的人都希望长期、甚至一辈子待在丽江，不知你是如何想的？

张：我也想在丽江一直生活下去，最大的心愿就是在丽江有一个自己的小院，培育花草，养养猫狗，晒晒太阳，听听音乐，看看书刊。长期这样生活，或许有人认为这很无聊，会失去自己的社交圈。但在我经历了那些事后，我认为这才是我想要的生活。

主持人：丽江给了你什么？

张：平淡。我平淡的性格多，到了丽江更平淡。

主持人：你做了八年的乐评，有没有非常喜欢的写丽江的歌？

张：有。向丽演唱的《嫁给丽江》我就很喜欢。因为"嫁"有很多含义，我爱上丽江的阳光，在某种意义上说，也算是嫁给丽江吧！

主持人：好。就把这首歌送给你，祝你在丽江的生活能充满灿烂的阳光。

张：好的，谢谢！

（节目播出时间：2007年1月）

19

导游阿东情系丽江

阿东是一名来自普洱市、毕业于丽江教育学院旅游专业的学生,毕业后在丽江从事导游工作,他同时还是一名业余歌手。他热爱导游工作,对丽江有着一份特殊的感情。那么,在阿东眼中的丽江是怎么样的呢?阿东对丽江的生活感受又是怎么样的呢?

主持人：阿东你好！你是什么时候来丽江的？

阿东：2001年高考后，我被丽江教育学院旅游系导游专业录取，就来到丽江读书。

主持人：你来丽江教院读书，有没有失望的感觉？

阿东：没有。这边真像歌里唱的那么美。我看到玉龙雪山美、黑龙潭水美、古城美，来丽江居住，非常高兴。读到二年级时，我通过导游资格考试，现在做导游两年多了。

主持人：我听做导游的朋友说，无论丽江籍，还是外籍的导游，在各景点穿梭般走来走去，都厌倦这样的生活了，你呢？

阿东：我不这样。古城与雪山是旅行社必定安排的旅游景点。进入古城有好几条路。我今天带游客从东大街进入，明天就从新义街，或者是新华街进入，尽量错开，使自己感觉不走重复的路。上雪山的路虽然只有一条，但在讲解时，我会根据天气和团友的心情，做具体的介绍，把双方的情感融化在一起，好像我也和他们一起上雪山。雪山时晴时阴，天阴时上雪山有的游客会抱怨我没有安排好行程，我就尽量多给他们讲，耐心地讲，使游客们感到走了这趟雪山，值！

主持人：你初来丽江还是学生，是否就喜欢上丽江了，有些什么经历？

阿东：那时，每到周六、周日，甚至下课后，我们会到古城玩。比如古城的二、四、六晚的打跳，逢年过节的晚会，参与到其中，很有趣，心情很愉快。

主持人：你的家乡有打跳这种活动吗？

阿东：我的家乡在普洱，没有打跳，一般逢年过节随着芦笙跳，叫跳笙。

主持人：听说你还特别喜欢束河、白沙，是吗？

阿东：对！看了大研古城后，还可到束河看看。入学第一周，我就与同学骑自行车到束河。九月天秋高气爽，本来拿着本书要去看，但到了束河就只想玩了。先到小四方街，感到与古城的四方街很相似；过了小四方街，走到青龙桥上，这是丽江最大的古桥；走过青龙桥，到了龙泉寺，就看到清澈的九鼎龙潭和潭中的游鱼了。每次到束河都要待上三、四小时，都还不想离开。

主持人：束河还有没有吸引你的东西？

阿东：束河的水非常清澈，比大研古城的水清多了。另外束河民居的墙都是用石头砌成的。我跟同学说，束河原生态的东西难得，以后会作为旅游景点开发出来。还有小四方街的鸡豆凉粉别有一番风味。

主持人：你在丽江近五年了，导游职业使你接触了许多人，在与人交往中，有没有加深了你与丽江感情的故事？

阿东：有啊！还是学生时，有一次我和同学去白沙玩，坐在白沙壁画旁的小店吃米线，同桌一位德国人也在吃米线，他用英语与我们打招呼，我们的英语很差，对不上。他说没关系，慢慢来。当时邻桌有几位台湾女游客，是旅美华侨，就说我们来与他对话。然后问我们在哪里读书，鼓励我们好好读书，说丽江很美。你看，在一个小乡村，在陈旧的小吃店，同样吃着廉价的米线，但人们来自不同的地方，交谈的内容很丰富，交谈得很融洽，交流中有一种亲切感。德国人和祖国的台湾人夸奖我们丽江，说明了我们丽江有很多东西深深吸引了他们。作为一名在丽江读书的学生，我也感到很荣幸。是丽江提供给我们在大都市找不到的交流平台。这就证明了丽江的魅力。所以我就更加热爱丽江教育学院，热爱所学的导游专业，热爱美丽的丽江，感到丽江旅游的前景是光明的。

主持人：你不但是一名导游，还是一名业余歌手，是"启明星"组合的一名成员，因为你对丽江有很深的感情，所以还写了一首《香格里》歌曲的歌词，由"启明星"组合演唱出来，让我们用这首歌来结束今天的访谈吧。

阿东：谢谢你记得《香格里》这首歌。

（节目播出时间：2006年3月）

在丽江做导游的昭通小伙

20

在丽江做导游的昭通小伙

马克来自云南昭通市，在丽江教育学院上学时就对丽江的自然与人文景观留下了美好印象。马克毕业后当了导游，他认为作为一名导游首先应该尽心尽力为游客服务，还要努力将丽江宣传出去。他来到丽江五年多了，并准备今后一直在丽江工作与生活。马克到底与丽江有着怎么样剪不断、长相守的情结呢？

主持人：马克你好！你是怎么来到丽江的？

马：我来丽江前对它根本谈不上了解。五年前的九月份我拿到丽江教育学院的录取通知书，我就给学校打电话咨询相关情况，院招生办主任将情况向我作了介绍，当时高考压力相当大，我就来丽江教育学院读书了。

主持人：马克，你来到丽江后觉得如何呢？

马：丽江给我的印象非常好，使我有走进香格里拉的感觉，感到与丽江有缘分。我的家乡昭通镇雄县与丽江相比，不论经济发展还是房屋建筑，都差多了。

主持人：还有哪些差别呢？

马：还有民族文化。丽江有浓郁的民族风情。我在读高中时就喜欢写点小文章，算是想从文吧。第一个感觉是：9月在家乡是农忙季节，丽江这时也农忙，但从教育学院的操场上可以看到巍峨的玉龙雪山，9月份居然能看到雪，而且是非常壮观的雪。

主持人：你当时的心情怎么样？

马：可以说是到了世外桃源吧，想很快的解开这个谜。后来上课时就初步知道玉龙雪山的神秘之所在。

主持人：你来时读英语专业，后来做了导游，这和你所学的专业有关吗？

马：有关。我学的是旅游英语。在来丽江之前，旅游这个概念对我来说是几乎没有的。我家乡相对来说比较封闭，人民

生活水平低,在温饱线上挣扎,还没有条件出门旅游,我就在这样的环境中长大。旅游的概念到丽江读书后才有。

主持人:你到丽江后开阔了视野,做上了导游,你觉得收获最大的是什么?

马:最大的收获是我爱上了丽江,首先是爱上丽江的奇山丽水,但最主要的是爱上以纳西族为主的丽江人文风情,这与我喜欢写点小文章也有关。首先是丽江教育学院给我提供了求学的平台,其次是上学期间了解到丽江的旅游发展情况。

主持人:如果你回家乡,就业应该没有问题吧?

马:但我还是选择了丽江。可以说除了生存外,还有私人的秘密。上学期间,与同学相处,如今进入社会已经两年,回顾教育学院学习的日子值得珍惜。我与一位女同学保持着通讯,去年愚人节我给她发些短信,并且在愚人节讲出了真心话。

主持人:现在进展如何?

马:我的女友是丽江纳西族,她没有在城区工作。我是导游,她希望我把户口转到丽江,还希望我能参加公务员考试或教师资格考试。我可以转户口,但我放弃了两种考试。因为我如果选择了端"铁饭碗",就无机会从事我喜欢的旅游工作。因为导游工作可以锻炼人,每天可以认识形形色色的人,这些人有好处的,也有难处的。我每带一个团,会将丽江的自然与人文融合在一起向客人作介绍。

主持人:介绍给客人后你的心情如何?

马：我讲的得到肯定，我内心非常快乐。举个例子吧。有次我带一个30多人的团上玉龙雪山，由于下大雨，什么都没看到。可能影响了心情。有的客人就说，这与你安排不当有关。我回答说：玉龙雪山是很欢迎大家的，但它又很神秘，留下一些遗憾是为了欢迎你们再来。我就把它的神秘之处作了一番介绍，客人也就欣然了。并说，我们下次再来。

主持人：很多朋友说做导游非常辛苦，听你这么说，也还是快乐的嘛。

马：做导游确实很辛苦，但要看你抱什么心态了。如果你喜欢这一职业，那么做起来就很快乐。

主持人：做导游时间长了，或许会在你脑海中留下与客人交往的一些难忘的事吧？

马：难忘的事不少。讲一件事吧。去年黄金周，我带的团里有位客人回酒店后生病。晚上12点我打电话问病情，得知这位客人病重。立即将他送到医院输液，直到天快亮才回到酒店，我在大堂沙发上睡了不到一小时又带团上雪山。客人们都说，你整夜照顾病人太辛苦了，就不要陪我们上雪山了。但我还是与他们一同上了雪山。这位生病的客人回去后，给我写了一封感谢信。许多事告诉我，导游是丽江的形象与旅游业的窗口。

主持人：导游服务工作确实很重要啊！

马：首先我应该为游客尽心尽力服务。通过点点滴滴的感在丽江做导游的昭通小伙

动,又增强了我对导游事业的亲切感。首先是喜欢丽江,喜欢导游这个职业,通过自己的工作将丽江得天独厚的自然风光和人文资源很好地宣传出去,让更多的人了解丽江,爱上丽江,走进丽江!

(节目播出时间:2006年6月)

21

"我见证了古城十年来的变化"

生性豪爽的东北女子高巍,来到丽江经营工艺品店十余年了,她见证了二三大地震以来丽江发生的巨大变化,高女士认为丽江变得越来越漂亮了,古城的房屋按原来的风格修缮得更好了,街道也变得更整洁了。高女士认为丽江人好相处,讲信誉、不取非分之财。她全家人在丽江过得舒心愉快。

"我见证了古城十年来的变化"

主持人：高女士，您好！您是什么时候来丽江的？为什么会来丽江？

高：我是东北人，1995年从瑞丽过来丽江旅游的。听朋友说，丽江很美，就来了，当时玉龙雪山大索道还没有。我当初在古城开了个小店，客人不多，一天赚不了多少钱。但是那时在古城开店的人也很少。

主持人：那时丽江的人怎么样？房租贵不贵？

高：那时人与人之间感情很淳朴，对金钱看得不那么重，与现在截然不同。那时古城房租很便宜，300元一个月，而且按月交，如果房租贵，我一个人也来不了。当初外国客人来买东西的多，国内客人来买东西的少。

主持人：平时打理店铺外，您在其他时间做什么事呢？

高：店开到晚上9点就没人光顾了。闲下来就看看书，也没有特殊的事做。

主持人：您最终决定来丽江，是想来生活还是来做生意？

高：两者兼而有之吧。因为我大学刚毕业，没有多少钱。但主要以生活为目的，开个小店，能保我吃穿就可以了，也没想到要挣多少钱，那时顾客少。在丽江没有急促的感觉，生活节奏慢，我不知不觉就融入其中了。

主持人：这十一年您是怎么走过来的？

高：可以说一步一步走过来的。"99昆明世博会"后，来丽江的游客多了，丽江变化也大了。我店里的东西也越做越好，越做越精。

主持人：除了做生意以外，经常外出旅游吗？

高：如果进货的话，我就会去大城市，像北京、上海、广州等地我都去过了。但纯粹玩的话，我更倾向于去其他地方，像独龙江、怒江，今年我刚去了一趟西藏。那些地方感觉就像十一年前初来时的丽江，人很淳朴，没有多少是非。

主持人：您觉得丽江与大城市有什么不同？

高：大城市物质丰富，现代化的东西多，但是人们承受的心理压力也挺大，因为要赚钱养家。而丽江更倾向于精神方面，人在这里活得很舒适，心理压力不大，精神可以得到绝对的放松。

主持人：听说很多人看到您都说您是纳西族，是吗？

高：是的。因为我在这里待的时间长，皮肤、气质都像当地人。很多人都问我是不是少数民族，反而没人相信我是汉族，其实我是纯正的东北人啊！在丽江，我有很多少数民族朋友，在丽江古城的时间长了，自己可能也被同化了吧！

主持人：您觉得丽江人怎么样？

高：比较好处，尤其是老年人。老年人说话讲信誉。我租房已经十年了，一直没有签合同，老房东与我相互信任。他说，只要你继续租，我就只租给你。所以许多人来撬我租的房子，都撬不动。

主持人：您的店铺里有些纳西族小姑娘在帮忙，这些小妹妹怎么样？

"我见证了古城十年来的变化"

高：丽江的小妹妹都可以啊！我雇人一般不雇外地人，主要是出于安全考虑。纳西人一般不会欺骗你，不会偷东西，我的店从来没发生过内盗，我们相处得像姐妹一样融洽。

主持人：在丽江与人交往，还有没有遇到过其他好人？

高：有啊！我还认了一个干弟弟呢。他也是纳西族，是在迪厅里跳舞认识的，时间长了我发现他很真诚。我比较爱喝酒，有时我喝醉了，索性把钱包交给他，他把我送回家，我的钱没有少过一分，我的东西也没有少过一样。他很穷，自己包里可能十元也掏不出来，但我的钱包里经常是一、二千元，这钱对他来说是很多了，但他分文未取。

主持人：听说您在泸沽湖还开了一个客栈，那边怎么样？

高：原来开过，里格岛拆建我就没再开了。那边感觉不错，更淳朴、更清静。我有时也到泸沽湖休闲。

主持人：您希望的丽江是什么样的呢？

高：我更喜欢从前的丽江，因为那时商业气息很少。但事情往往很矛盾：如果不商业化，本地居民生活就很难改善。但过多的商业化，就会影响生活环境。我希望两者间能协调。古城都关了店铺不做生意，游客光看空城也没意思。但如果店铺开滥了，到哪里都是卖相同的商品，也不好。我希望古城的店铺尽可能卖些独特的东西，这样对丽江的旅游业就更好了。

主持人：您希望一辈子都留在丽江吗？

高：如果有可能，我会一辈子留在丽江的。我把户口都迁移过来了。我在丽江住了十一年，也会讲点简单的纳西话，应该算丽江人了吧！

主持人：您对丽江很多东西感兴趣，而且有感情，是吗？

高：我来丽江纯粹是一种喜欢。十一年前我来丽江古城时，可以说是一片荒芜，那时古城都是本地人。我见证了十一年来丽江的巨大变化，可以说丽江变得越来越漂亮了，古城的房屋按原来的风格修缮好了，街道更整洁了。

主持人：很多来丽江的人都非常喜欢古城，对新城不感兴趣，您觉得呢？

高：我觉得新城也是挺好的。外地人不喜欢新城是因为钢筋水泥的高楼大厦在外地、尤其是在大城市实在太多了。而丽江古

"我见证了古城十年来的变化"

城保护得很好。但是如果没有新城,可能古城就会变成高楼大厦了,世界文化遗产丽江也不复存在了,对吗?

主持人: 对!当初是您一个人来丽江,现在家里人都来了吗?

高: 我的母亲、大姐、二姐和弟弟都过来了。我姐姐也在丽江买了房子,如今在做导游工作。我们这一大家人在丽江都过得很幸福。

(节目播出时间:2006年12月)

22

丽江来了个淮安女

蕙兰是云南大学丽江旅游文化学院的一名新教师。她认为,将自己所学的知识教给学生,就会有成就感。作为一名年轻教师,她为什么远离家乡江苏省淮安市,来到丽江工作与生活,来丽江后她的心情好吗?

丽江来了个淮安女

主持人：蕙兰你好！你的老家在哪里？又在哪里上的大学？

蕙：我的老家是江苏省淮安市，是周恩来总理的故乡。我在北京读了四年书，又学习了一年多。丽江比较美，自己又喜欢安静，就来了。这以前曾经来丽江旅游过，觉得丽江比较适合我。

主持人：你来之前是不是有所考虑？

蕙：是有所考虑，因为作为一名旅游者与作为一名居民是大不相同的。要来这里工作，就要有经济、交通、文化教育等各方面的考虑。正好这边有工作机会，丽江发展也比较快，空间也比较大，就过来了。

主持人：你如何看丽江？

蕙：丽江在经济和旅游方面发展是迅速的，但在文化教育方面是落后的。它是一个偏僻的地方，大地震后发展也不过十年。如果文化教育发展慢，这个城市就没有底气。

主持人：很多人大学毕业后，希望回到家乡，回到父母身边，而且你的家乡很不错，你想没想过回家乡工作呢？

蕙：也想过，但觉得年纪轻轻地回家后，容易安定下来；而且自己已经在家乡生活了一、二十年，有厌倦的感觉。我想应该趁年轻的时候到外边开拓点属于自己的东西，来到一个全新的环境，离家乡远一点的地方，潜力可能会充分发挥出来。

主持人：北京是首都，是全国政治、文化等的中心，很多人希望在北京发展、生活，特别是在北京读大学的年青人，你觉得北京与丽江有什么差别？

蕙：北京适合喜欢进取的人，这对发展自己的事业比较好。但对事业要求不高，对生活环境和自然环境要求高的人，就会选择像丽江这样的地方。当今小城市的人往大城市跑，北京、上海、广州等特大城市的人越来越多，治安也越来越差，人的生存环境更差。如果你能在这些城市待得下去，你喜欢挑战与刺激，那很好；但如果你不是这样的人，就不必赖在这些城市。别人说什么好就是好，那不是我想要的生活。

主持人：你想要的是什么样的生活呢？

蕙：我喜欢慢节奏。这样你有心思去考虑你要做到什么，然后享受每一天的阳光，享受风、云、雨、雪。你能感觉到你是在生活，不像北京是一个工作的、忙碌的城市。

主持人：过去你来丽江旅游，给你留下什么印象？

蕙：丽江确实很美。我当时在古城待了几天，在束河呆了几天。觉得古城比较商业化；束河比较宁静，水特别清。丽江的少数民族并不排外，很淳朴，总的来说觉得这里比较适合人居住。丽江之旅给我留下了美好的印象。

主持人：没来之前了解丽江吗？

蕙：没来之前对丽江的了解主要是听朋友们介绍。我认识的一位外国朋友，旅游不是选择江浙一带的苏州、杭州、无锡等地方，而是到丽江。我感到很奇怪，为什么许多中国人都不知道的地方这位外国朋友会知道？然后我就上网收集丽江的资料信息，开始逐渐了解：在离祖国心脏这么远的地方，有一个美丽奇特的丽江。经过调查后，我和朋友们在七月中旬来到丽江。感到确实很美，觉得丽江人与中国主流城市人的生活大不相同，觉得这里的人真会享受生活。

主持人： 你第一次来丽江旅游时，有没有想到过会到丽江工作？你在北京学什么专业？

蕙： 开始时没想到过，因为认为旅游城市的工作机会不多。我在北京学英语专业。通过网上调查和朋友的介绍。我有同学在这边工作，说云南大学旅游文化学院的领导思想开放，比较有活力。我知道学院创办时间短，外地年轻人多，年轻人多的地方就充满活力，比如说它吸引人才，能促进自己全方位发展。

主持人： 你来丽江前就把工作联系好了吗？来后感觉如何？

蕙： 已经联系好了，不然也不敢来。我来丽江的时间不长，感到旅游文化学院校舍、教学设施都是新的；有很多年轻老师，师生之间关系友好、平等，很融洽；领导平易近人，通情达理。真心为你考虑。学院坐落在玉龙雪山下，清溪水库旁，在好山好水的环境衬托下教学很好。

主持人： 学院对你有什么看法？

蕙： 在这里工作的同学都是被认可的，学校对我也比较欢迎。

主持人： 丽江与其他地方相比，感觉如何？

蕙： 首先是每天能看到玉龙雪山，天空中每天的云都不一样。在城市呆久了，都是高楼大厦，特别压抑。而在丽江视野开阔，空气纯净，心情能放松。可专心做你要做的事。人与人之间的关系单纯。走在街上向陌生人询问,语言虽然有差别,但都很亲切、耐心,都会微笑着告诉你。

主持人: 你对丽江人印象如何?

蕙: 你问的是丽江人的家吧?我去过。庭院式的房子,种了许多花、草、树、盆景,像一个小花园。邻居之间交往频繁,一家有事互相帮助。而在大都市,邻居关系淡薄,甚至于住在对面或楼上楼下的人家也互相不来往。而人是有感情的,需要友情。人在大都市呆久了,希望回到这样淳朴的地方生活,而且淳朴的地方并不就是落后的地方。

主持人: 你有没有想过自己理想中的生活是什么样?

蕙: 想过。因为是一名女子,想法浪漫,甚至想回到男耕女织的社会。但肯定不现实,因为社会在发展。求其次,生活环境要好些,主要是自然与人文环境要好,而不单是高楼大厦、工业化;自然与经济要协调发展,人的生活才会舒适。世界上比较成功的城市也正是这样的。

主持人: 很多人都羡慕在丽江生活的人,现在你也成了丽江居民,能不能给大家描述下你的生活。

蕙: 我目前的生活比较简单,我主要通过网络与朋友联系,生活安排较顺心,可以做自己想做的事,将自己所学的英语教给别人,就会有成就感,我对未来充满期望。

(节目播出时间:2006年3月)

23

"秦山行人"到丽江

籍贯世界四大文明古都之一、丝绸之路起点西安的曹斌，曾在成都市与攀枝花市工作过，怀着对事业与对生活的追求，他来到了丽江，成了丽江教育学院的一名新教师，并决心尽力做好该做的工作。那么，曹斌在丽江，是否找到了他想从事的职业与想要过的快乐生活呢？

主持人：曹斌你好！你是哪里人？

曹：我是陕西省人，后来到四川读了四年大学，然后来到丽江。在飘泊中，我自号秦山行人，秦山即秦岭山，行人指我总是一个匆匆的过客，我总感到孤独。

主持人：你在成都四年，对那里非常熟悉，怎么想着要到丽江？

曹：我在成都，课余做过摄影师，后来做过记者。当我接到丽江教育学院的电话，我就想到一幅美丽的画，因为我在电视上看到过丽江古城，我第一印象就很美，所以就来了。来后，感到丽江确实美。古城的五花石板路很光滑，这感觉在西安、成都是没有的。丽江延续了成都的休闲生活，丽江人的生活节奏是非常缓慢的。丽江虽然很小，但五脏齐全，我来了就想住下。

主持人：你从四川来到丽江，是想来这里工作吗？

曹：我在成都非常忙，到丽江做老师是我心中的愿望。在成都时我就在培训班教过十个高中生，其中九个考上大学。这给我一个感觉：我在报社赚的钱再多，没有学生考上大学更使我高兴。我是从攀枝花市来丽江的。来前我在攀枝花市委组织部做电教宣传片。

主持人：丽江在你心目中算不算天堂？来到丽江这几个月，你是如何渡过的？

曹：如果要说天堂，有一点牵强，天堂是什么呢？人活着只要快乐就好。丽江是一个来了就不想走的地方。在丽江好像天天都在旅游。我上完课后，就与一些朋友去玩，拍照片。照片里有束河、拉市、宝山石头城、玉水寨、东巴谷等景点。我认为玩就是一种人与天地自然交流的最好方式，是一种快乐。

主持人：你现在做些什么事情？

曹：我在写教材。大量是技术性的，上部分是广播技术，下部分是电视技术，最后还有个数字电视，我付出了很大精力：找资料、画图、打字等。

主持人：你选择丽江是有理由的，那么丽江教育学院怎么选择你呢？

曹：他们的用人计划里写的是新闻与传播专业。我来丽江前教院就对我说：你来我们要新开一个专业。我来丽江前在成都还签了一个单位。我感到这里新的专业就可以让我发挥自己的能力。我当初学的就是这个专业，而当老师，文学、哲学、艺术等都能用得上，能体现自己的价值，传播业发展又很快。把文秘与新闻专业作为丽江教育学院的第一届，是会成功的。而且对今后申请新闻学专业是个砝码。如果一个班内有三、四个很成功，我的价值就体现出来了。

主持人：你来丽江后不但可以好好工作，平时生活也充实，你对今后有没有一些想法呢？

曹：我最大的想法是：找一些志同道合的人，把我们要做的事做好。丽江让我感受最深的是东巴文化，我想利用两年的时间，深入了解纳西文化、东巴文化，或者说是大香格里拉文化，

了解民风、民俗、传统，最终要了解民族心理，然后想拍一些东西。

主持人：用这些作品拿大奖？

曹：我们不说高雅的。传播者的任务是把东西传播给人看，让更多的人来了解这个地方的文化、了解这个地方的好处和缺点。好处让更多的人来喜欢，缺点让更多的人来帮助。也许现在只是让人茶余饭后看的东西，在若干年后，就不同了。后人用我们的史料时，会说是某某人做的，就体现出价值来了。丽江还会有更大的发展。纳西民族真不简单。听它的音乐的时候，非常阴柔。这个小民族历史上处在汉、藏、彝、白几大民族的夹缝中没有消亡，它吸收了外来民族优秀的东西。纳西族以后会怎么样？

"泰山行人"到丽江

民族心理变化如何？也许能给我们一些启示。

主持人：你认为首先要做好的事是什么？

曹：我首先是要教好书。丽江教育学院是丽江唯一的一所国家办的大学，现在还很微弱，我们尽力去做好该做的事，做一些力所能及的事情。

（节目播出时间：2005年4月）

24

张亮与阿酷咖啡屋

张亮来自国际大都市上海,他放弃了高薪的工作,怀着一颗真诚的爱心来到丽江后,在古城开了个阿酷咖啡屋。他认为丽江是一个很有文化底蕴的地方,不论是做生意还是做人,在得越久,才能体会到丽江的魅力。他把丽江看作好不容易寻找到的心灵的港湾。今天的节目,请张亮做嘉宾,向大家讲述他与丽江的不解之缘。

张亮与阿酷咖啡屋

主持人：张亮你好！许多来丽江的人放弃了原来高薪的工作和优越的物质生活条件，你来丽江也是这样吗？

张：与朋友们聊起来，尤其是与在丽江的朋友聊天，一般都会用"放弃"这个词，其实到丽江更是一个非常对的选择。

主持人：为什么说是非常对的选择？

张：2000年我第一次来丽江，就被它的古朴、宁静和慢节奏的生活所吸引。我觉得现代人最缺乏的是可以慢慢享受生活的心态。

主持人：你在上海生活，收入还不错吧！

张：比现在的收入高很多。如果是为了赚钱，就不会来丽江，我是为了精神上的享受才来丽江的。我一直在高科技行业工作，一直很累、很忙、也很烦。

主持人：你是怎样与丽江结缘的？

张：2000年，我兼职户外教练，带了一个团到虎跳峡徒步旅游，看到周边的风景很美。2001年春节，又带一个团队来到丽江，这时发现我已经离不开丽江了。我小时候就喜欢三毛的作品。她写的地方有个共同特点：人烟稀少风景优美，相对与世隔绝。我觉得丽江就符合这些条件。而且我过去总是梦到住在一个小城市，远处有雪山、草原、湖泊。

主持人：这就是你心中的香格里拉了。

张：对。我认为我待的地方应该每天早上都能看到雪山，走在石头铺就的路上，居住在古老的房屋里。丽江非常符合这些条件。2001年回到上海后,我就与朋友说,今后我一定要到丽江生活。在上海工作压力大,非常累,一累就浮躁,浮躁起来也就导致对很多事情不满意。

主持人: 看来你到丽江是为了寻求一种很轻松的生活。你什么时候来丽江开咖啡屋?

张: 从2001年开始到2005年我在古城开咖啡屋前,又来过四次丽江,每次来都住在三合酒店,阿酷咖啡屋就在它对面,我常来这里坐,就想,来丽江不可能闲着,开咖啡屋,既可自食其力,又是认识朋友并与朋友交流的很好的场所。2005年春,一个在丽江的朋友打电话告诉我,阿酷咖啡屋要转让了。我就很快乘飞机到丽江,转到了它,连店名也没有改。

主持人: 你来丽江生活告诉父母了吗?

张: 没告诉,怕老人家不会接受。他们为做儿女的放弃了很多自己的东西,我在他们有了安稳的晚年后又有了很好的收入,在上海也有了自己的房屋,突然到丽江,怕他们不能接受。但我相信丽江也最适合我父母生活。因为上海空气、环境都不大好。

主持人: 你父母后来知道了吗?

张: 我开了这个店八个月后,通过我的姐姐告诉了父母。今年两位老人来到丽江,都觉得这里空气好,日照充分,很幽静,风景挺好的。已在丽江阳光花园买了房。父母还说,你就在丽江找一个对象吧。

主持人: 在古城开店这一年多,有没有找到意中人?

张亮与阿酷咖啡屋

张： 人们说，丽江是女人的天下，男人的天堂。如果你娶一个丽江老婆，肯定会幸福的。因为丽江女人又懂事又勤劳，人品也好。但我目前还没有开始寻找自己的另一半。我认为丽江是一个有文化的地方，不论是做生意还是做人，待得越久，才能知道它的魅力。我在丽江是抱定了打持久战，而不是打游击战的态度。我希望能变成丽江的一分子，为丽江做点事，如果你爱它，就应该全心全意呵护它，提升它。

主持人： 你来丽江，上海那边的工作完全脱离了吗？你的咖啡屋经营情况怎么样？

张： 对，来得很彻底。原计划咖啡屋三年实现盈利，应该说比我预计的好，现在基本上收支持平了。

主持人： 能不能说说你对丽江的情缘？

张： 可以用上白居易的诗："千呼万唤始出来，犹抱琵琶半遮面。"丽江永远不会给你看到它的全部魅力。经过万水千山，我来到这里生活了近两年，也只是看到它其中的一小部分。它藏在深山里的美，它原生态的东西，还没有很好地发现，还要努力去挖掘出来。经过30多年的寻找，我总算找到了心灵的港湾，也找到了自己身体的归宿，我可以待在这里，看雪山，看古城的小桥流水，这样的选择永远不会后悔。

（节目播出时间：2006年11月）

25

一对到丽江安居的上海老人

上海小伙子张亮2005年瞒着父母来丽江经营阿酷咖啡屋,父母知道后于2006年来丽江看儿子,感到丽江是一个适宜居住的城市。今年两位老人在丽江阳光花园小区买了一套居室。今天,邀请两位老人和他们的儿子张亮做客"丽江情缘"节目,讲述他们的丽江故事。

主持人： 张亮，你当初来丽江，为什么不如实告诉父母亲？

张亮： 因为老人家与我们的想法不尽相同，他们很在乎一家人都生活在一起，他们也无法理解丢下原来优裕的生活条件，到偏远的地方。因为他们没有来过丽江，也想象不出丽江到底是什么样。我也不想用语言去说服，只想用实际行动告诉他们丽江是一个不错的地方，他们看到我在这里安定地生活下来后，我想他们会尊重我的选择。

主持人： 叔叔阿姨，你们对儿子来丽江有什么看法？

张父： 通过各种渠道知道张亮到丽江，当初绝对不理解，因为上海是国际大都市，是比较好的地方。

主持人： 当时你们对丽江了解吗？

张父： 不了解，只是看过他来丽江旅游时拍的风景照片，还有民居小院，很美。

主持人： 后来张亮把你们接到丽江，现在你们对丽江的感觉怎么样？

张父： 我们觉得丽江挺不错，空气好，风和日丽，鸟语花香，人更好。

主持人： 阿姨来到丽江后感觉怎么样？

张母： 城市小，很幽静，古城的河水很清，有很多鱼，我去年在丽江待了两个月，张亮提出在丽江买房子，我们没有反对。

主持人： 你们对儿子来丽江从不理解到你们也来丽江生活，这不能不说丽江有魅力，不仅让很多年轻朋友来到丽江，也能让许多老年朋友爱上丽江,并在丽江安居,生活得很快乐。张亮,你对父母亲现在的状况有何感想?

张亮:爸爸72岁了,妈妈68岁了,能这么快地适应丽江的生活,我觉得很敬佩,我高兴他们能发自内心地去喜欢丽江,否则我待在丽江心里也会有负担,让父母安心是最重要的事。

主持人:阿姨,您到丽江后还为自己买了一架钢琴?

张母:对。我现在每天都在家中弹一会儿琴。我非常喜欢这个城市,魅力丽江嘛。

主持人:叔叔,您每天去买菜,感觉怎么样?

张父:可以和人们聊天,可以讨价还价,丽江的菜比上海的新鲜、便宜,肉禽蛋鱼,蔬菜都比较多。我成了丽江人了。

张母:这里的人善良朴实,一上公交车就给我让座,上海没这个习惯,这里人敬老,邻居都很热情,主动打招呼,借给我们工具,感到很温暖。上海公寓里同一楼层的邻居都互相不往来。

张父:丽江是平面式的住宅,上海是立体式的住宅,丽江的人际关系和谐,符合中央构建和谐社会的精神。

主持人:有没有打算在丽江长住?

张父:我们打算在丽江长住。儿子在丽江买了房,我们也在阳光花园买了房。将来儿子结婚了,我们不会住他们的房子,让年轻人有自己的小天地,我们不去打搅他们。

主持人:张亮假如在丽江结婚,在丽江生活一辈子,你们会支持他吗?

一对到丽江安居的上海老人

张父母：会支持他。

主持人：张亮在上海时，工资很高，来丽江后收入没有原来多，你们遗憾吗？

张父：在上海时他很忙，整天看不到他，现在我们父子俩经常一起去买菜，买水果，我在咖啡店里一天要待五六个小时，看到他比过去少劳累了，心理压力小了，我的心情也轻松了。

主持人：张亮，你对父母亲目前的状况怎么看？

张亮：我觉得父母现在接受我来丽江安家的事实，让我很高兴。他们现在不是有一个家，而是有三个美满的家了。

主持人：张亮是幸运的，他选择了来到丽江，也让他的父母理解了他，并且在丽江快乐地生活。我想告诉收音机前所有瞒着父母来丽江的朋友们：不要一直瞒着你的父母，让他们也来丽江吧，相信他们也会像张亮的父母一样爱上丽江的。

（节目播出时间：2006年11月）

26

浙江姑娘和她的理发屋

来自浙江省的女孩郑雯,曾经随父母到丽江,在丽江读过书,离开丽江几年后又回来,经营起自己的曼都理发屋。在丽江,她虽然谋生很艰难,但她踏实。乐观地工作着和生活着。郑雯认为丽江旅游业的发展给很多人的生存与发展提供了空间与机会,也为她提供了机会。她打算长期在丽江生活。

主持人：小郑你好！你是怎么与丽江结缘的呢？

郑：我父母1997年来丽江开餐馆，我就跟随来丽江读书，那时我有十六岁。一年后父母离开丽江，我也回了老家。但我对丽江有一份割舍不下的感情，2000年又回到了丽江。

主持人：你第二次来丽江做什么事？

郑：先是帮人打工，2002年自己开了个理发屋，就一直经营到现在，有四年多了。这四年，经历的事情挺多，也使自己成长了。刚走进社会不懂事，有棱有角，现在磨得比较圆滑了。

主持人：很多人都喜欢丽江，而你喜欢上丽江的什么呢？

郑：可能是生活状态吧！在丽江比较舒适，身心比较放松。我在忙于上班，闲下来就有这种感觉。

主持人：从前是帮别人做，怎么会想起自己开店呢？

郑：因为帮人干了两年，自己也想试一试，给自己一个锻炼的机会，看看自己有多大能力和水平。

主持人：理发屋还做得顺利吧？

郑：这个小店做了两年，当初做得很艰难，连房租都没找到，只好厚着脸皮打电话向家里要钱交房租。但感到在外那么久了还向家里要钱真过意不去。两个月后将铺面隔成两间，一间出租，这样就可以分担租金。后来找了一份兼职工作，去卖酒水，晚七点半工作到深夜两点，下班已经累得像滩泥了，倒头就睡，清早叫帮工先开门，我十点起来。非常感谢两个朋友一直在帮我，在事业起步，感情受挫时我的压力挺大的，不过我觉得，只要能战胜自己,就没什么难得倒人的事。

主持人: 后来顺利了吗?怎么争取顾客?

郑: 我想,不能人家开店能做好,而我却做不好。进入冬天,生意好了些,我就把兼职辞了,专心经营理发屋。每隔三、四个月,要出去学习一下,看外面有什么新发型,看到后自己要做得出来。最方便的信息来源是电视,可学习发型、化妆、设计、烫染、护理。客人的着装、职业都要考虑,按她们的生活圈子做,效果会好,客人才满意。我这店本来就偏僻,要靠信誉带来回头客,靠老顾客介绍来新客人,有些人很远地来我的理发屋。

主持人: 现在生意可以了,有更多的时间做其他事吗?

郑: 我与朋友在束河一起开了一个尼泊尔风格的时装店,因为丽江旅游业在发展,我也想放手多做点事,让自己过得更充实。

主持人: 你的业余生活怎么过?

郑: 因为长期做理发工作,有肩周炎,所以每到周末去学两次瑜伽。去年七月参加徒步游虎跳峡。很多人说,徒步旅游是拿钱去受苦,我却认为可以给自己的心理减压,使身心放松,有好处。

主持人: 你在感情上有没有找到一个特殊的感觉呢?

郑: 我在感情上不算一帆风顺吧!曾经相处的异性朋友,两个人的性格合不来,最后互相就没来往了。

主持人: 这几年你感受最深的是什么?

郑: 感受最深的是有朋友的帮助。如果有朋友在身边支持你,动力相当大。我们这些常年在外奔波的人,比较孤独,需要

浙江姑娘和她的理发屋

朋友精神上的开导。俗话说，在家靠父母，出门靠朋友嘛。我如果没有朋友们的帮助，也走不到今天这一步。朋友们在经济上也对我有不少帮助，因为我开理发屋没有多少本钱，也不好意思老向父母伸手要，而不认识的人，是决不会借钱给你的。

主持人：对丽江，对朋友，你内心深处有什么话说呢？

郑：希望丽江的旅游业更发展，因为旅游业为很多人的生存与发展提供了空间与机会，也带动了我们的事业。希望每个朋友都过得幸福、开心。

主持人：假若你不在丽江生活，会有什么不同呢？

郑：变化会很大。重新融入一个圈子，会花去很多时间和精力。丽江蛮好的，我蛮喜欢丽江的，现在没有离开丽江的打算，可能会长期在丽江。既然选择了丽江，就要义无反顾地去生活、去工作。

主持人：在丽江有些什么想法？

郑：希望自己的事业更好。感情嘛，随缘吧！希望找一个能包容自己的人，因为我的性格太直了，怕人家受不了。

主持人：有没有具体的设想？

郑：希望在丽江能有自己的房子。工作嘛，还是忙点好，平时抽时间去旅游，与人相互之间多一些交流。

（节目播出时间：2006年11月）

27

到丽江从事酒店管理的沈漫漫

多年在国外从事酒店管理工作的江苏女子沈漫漫,一次经人指点来到丽江,就被丽江宛如江南水乡的景物与宽松的人文环境深深吸引了。沈女士选择到丽江的酒店从事她的本行。她在丽江的工作与生活怎么样呢?她对今后有何设想呢?今天的节目就向大家介绍沈漫漫的丽江情缘。

主持人：沈女士你好！你是从哪儿来到丽江的？

沈：我是江苏省宿迁市人。我1999年有一个半工半读的机会，去到阿拉伯联合酋长国的一家五星级酒店。原来打算学两年回国，后来发现要学的东西很多，就在阿联酋待了五年，这期间曾回国三次。2004年回国后，我想找一个自己喜欢的地方与职业，长期待下来，因为我出国五年，一直处于不稳定状态，我在国外做的是酒店管理工作。

主持人：酒店管理这个专业在国内大城市更适合你，为什么会来丽江呢？

沈：因为出国的初衷是学外语，学先进的管理方法。出国后心境变得平淡了，有人的地方都是大同小异。回国后我边四处探亲和旅游，边找适合自己的地方。去了广州、深圳、珠海等地，感到社会压力比较大，人们天天为金钱东奔西忙的，这不应当是我的生活。以前没有来过云南，对云南只知道昆明与版纳，不知道丽江。到昆明找工作时，又觉得到处是人与车，心情很烦躁，在书店看到介绍丽江的资料，昆明的朋友也说，为什么不去丽江看看？这样就从昆明来到了丽江。

主持人：到丽江后感觉怎么样？

沈：空气清新，住在古城民居客栈里很舒服，有花草，石板铺路，这在大都市没有。印象美好，很亲切，特别是小桥流水人家的格局与我们江南水乡很像。问了一些朋友，得知古代修丽江城时，请来许多江南的工匠帮忙，后来这些工匠就在丽江定居下来。怪不得有似曾相识的感觉。到丽江一周后，天天逛古城都不厌烦，每天都能看到新颖的东西，感到有文化底蕴。就决定在丽江待下来。

主持人： 你出国做的是酒店管理，到了丽江是否也做酒店管理？

沈： 我现在丽江官房大酒店做大堂副理，这是云南第一家五星级酒店。

主持人： 你的语言表达能力强，外语好，所以我认为你非常适合现在的工作。

沈： 也可以说我具备了做酒店管理的条件。目前对我的工作还是满意的，工作之余的空闲时间比较多。丽江是一个旅游城市，有淡季，所以也不觉得很辛苦。

主持人： 对个人的收入还满意吗？

沈： 怎么说呢？我比较知足，金钱对个人固然很重要，但不是你生活的全部内容。人在维持了基本生活后，精神的追求也是很重要的，有些东西是金钱买不到的，金钱是无止境的，付出劳动可以得到。但人的生活质量，要靠点点滴滴。没有大的欲望，你才能得到快乐、健康的生活。

主持人： 你和许多外地来丽江的人一样，心态很平和。除了上班外，其他时间是怎么样渡过的？

沈： 工作之余大多数时间看看书刊，听听音乐，或与同事逛逛古城，骑自行车逛旅游景点，或看电视，聊天，时间好打发。

到丽江从事酒店管理的沈漫漫

但毕竟家不在这边，有时会觉得单调。与过去的好朋友，主要是通过电话和互联网等方式联系。

主持人：你喜欢看哪方面的书刊？

沈：因为名著都放在家中，主要看与工作相关的英语、旅游类的书或者自己感兴趣的书。喜欢看的杂志有《读者》、《知音》、《青年文摘》、《幸福》等。

主持人：在丽江，很多人觉得生活环境比较舒适，压力也不大，你觉得是这样吗？

沈：是这样。丽江人很会享受生活，虽然物质条件不像大城市那样丰富，但却能自得其乐。人生苦短，我觉得在维持基本生活后，为什么要去找那么多苦呢？如今物质文明越进步，精神文明却在倒退，传统美德在流逝。物质发展也不是百分之百好，有利必有弊。

主持人：你有没有烦恼或不愉快的事？

沈：肯定有的。最大的烦恼是自己家在外，所以非常羡慕同事，想家，父母的年龄大了，在人世间的时间不会很多。我如果运气好，可以在丽江安家，父母亲每年可以来丽江过半年，在老家过半年。

主持人：你来丽江一年多了，有没有让你难忘的事？

沈：我的精神状态已归于平静，认为平平淡淡才是真。其实对我来说，工作中太放不下的事没有。与亲人之间的关系才是重要的，亲人的生离死别最重要，一旦失去亲人，就再也找不回来了。

主持人：你在丽江感触最深的是什么？

沈：是每天要用感恩的心态生活，健康地生活，亲友都无病无灾。至于有意外惊喜的东西，我就认为是上天的恩赐了。

主持人：这种感悟有什么来源，能不能讲一讲？

沈：父母亲都是白手起家，过去已经给了我很好的物质享受，那时不知珍惜。工作后才发现，赚钱也不容易，付出了才会有回报。当初对父母是凭空索取。

主持人：你在丽江与人交往中，觉得怎么样？

沈：丽江民风淳朴，对人热情朴实。如果你在北京、上海等大城市，人们每天都在为自己的事奔忙，大多数人对一个陌生人顶多只会应付一下。我的很多丽江同事，待人真诚、友好。

主持人：你对在丽江生活有什么想法？

沈：想得不多。我现在毕竟是在为人打工。我的理想是将来能有一个自己打理的生意，与朋友共同把这个生意做好，把生意的质量和品牌做好，也可以接触来自不同地方的人。因为我喜欢交朋友，互惠互利的状态很容易使人达到平衡。如果有能力，还可以帮助弱势群体，这很有意义。我很高兴地发现丽江是比较适合自己的地方。希望今后能做自己喜欢做的事，也能为社会做出一点贡献吧！

（节目播出时间：2006年9月）

"丽江是一首最优美的歌"

28

"丽江是一首最优美的歌"

籍贯上海、来自昆明的郭涛与他的夫人，在丽江古城经商多年了。他感到在丽江生活能使心情愉快，尤其是能获得心灵上的安静。丽江有他的爱情，有他的生意，有他的追求。郭涛深情地说："丽江是一首最优美的歌！"

主持人： 听说您的父母都在昆明，您当初在昆明收入很可观，怎么想到要来丽江呢？

郭： 我初次来丽江，看到小桥、流水、古屋，感觉这里是世外桃源。我站在清清的河水边傻眼了，因为我家住在昆明大观河边，大观河水污秽奇臭。父亲面对丽江古城的水曾感慨地说，从来没看到昆明城里有这么清亮的水。

主持人： 您是什么时候来丽江做生意的？

郭： 是1999年10月。我与太太拿到结婚证的当天晚上，切了蛋糕后，就乘夜班车来到丽江。

主持人： 您到丽江后，对这里的人印象怎么样？

郭： 古城里的纳西人很温和，邻居一位老大妈经常问候我们。纳西族杨叔与我的店铺相邻，他们夫妻俩很淳朴，我发现他爱好玩乐器，我也爱好音乐，不长时间我们就成了好朋友。

主持人： 您来丽江七年，一直喜欢丽江吗？

郭： 一直喜欢。有时回昆明看望父母，办完事后，就想快点离开。因为昆明喧闹、杂乱。回到丽江后总是热泪盈眶。我的心情很矛盾：昆明是生我养我的地方，我在那儿生活了很长的时间，而丽江仅仅居住了几年，但是我对丽江的依恋却超过了昆明。

主持人： 您除了做生意，平时还做些什么？

郭： 早上，喜欢与太太手牵手地逛菜场，商量做什么好吃的。休息时看看书，上上网。纳西人爱好汉文化，这里的环境安静悠闲，很适合读书。

"丽江是一首最优美的歌"

主持人：您太太是哪里人？她还适应丽江吗？

郭：我太太的老家也是上海，但她也和我一样，父母都定居昆明。太太对丽江很满意，很习惯。我们都把丽江作为一个梦，一种憧憬，一种人生要达到的目标。

主持人：这电脑屏幕上是您的小孩吧，多大了？

郭：一岁多了，是我在丽江最大的收获。看着孩子在健康成长，看到丽江越来越美，原来急躁的心情也变得平静了。

主持人：您想过没有，假如您不来丽江，生活会怎么样？

郭：那将是每天夫妻俩忙忙碌碌上班，孩子交给母亲带。夫妻晚上见面很晚了，都很累，说不上多少话就睡了，第二天依然如此。长期下去，我急躁的脾气，太太温柔的性格不会像现在一样融洽。而在丽江，两人有那么多时间在一起，很悠闲，很放松，心态也自然就平和了。

主持人：以您的才能，在昆明发展，您的经济收入会很不错，您来丽江后收入怎么样？

郭：我在昆明打拼一年，收入会比在丽江高得多。但是如果人活得像一架机器，这与我从小接触的文化是格格不入的。在丽江收入相对少，有时生意也不好做，但是养家糊口绰绰有余，我还供妹妹读完了大学。在丽江生活很宁静，心情很愉快，你看我都30多岁了，但是不显老。

主持人：您真的只像20多岁的小伙子。有没有想过今后是否继续在丽江生活？

郭：这样的小桥流水，这样和谐的文化氛围，让人感到舒适。我会继续留在丽江。

主持人：假如您只是和许多游客一样，来一次丽江后又回到原来生活的城市，您会不会遗憾？

郭：我从小就有一个梦，将来在像世外桃源一样的地方生活。如果我真的回到昆明，继续为生活而奔波，每天看到的尽是高楼大厦，我会感到烦躁，我会后悔的。金钱买不到安静，尤其是心灵上的安静，这钱又有什么意思呢？我记得《圣经》上有一句话："一个人赚得全世界，但赔上了自己，又有何益呢？"

主持人：您引用的这句话很有哲理，值得牢记。能不能用一句话来概括您对丽江的感情？

郭：丽江是我身心所向往的地方，这里有我的爱情，有我的生意，有我的追求，丽江是一首最优美的歌！

（节目播出时间：2005年8月）

29

橡子与《飘落的丽江碎片》

橡子是北京某时尚杂志社驻广州的编辑。六次来丽江的经历使她对丽江有了深厚的感情，付诸笔端，她写了一本以丽江为题材的小说《飘落的丽江碎片》并已面市。今天，我们就请橡子讲一讲她的丽江情缘。

主持人：你是哪儿人，来丽江多少次了？

橡子：我是广州人，这是第六次来丽江，还不算最疯狂地迷上丽江吧？

主持人：你来丽江的次数其实也不少了。如果不是喜欢，也不会经常来。最初你是怎么认识丽江的？

橡子：我第一次是1998年跟团来丽江的，对丽江没有多少了解，很随意地就来了，第一次进古城，感到似乎我来过这里。

主持人：很多朋友第一次到古城，都有似曾相识的感觉。那次你都去了哪些地方？

橡子：主要是旅游景点，玉龙雪山、泸沽湖、香格里拉等红火的景点都去了，中午和晚餐后去逛古城。

主持人：有些人第一次来丽江，会感到很特别："哇！居然有这么美丽的地方！"不知你第一次来丽江感受如何？

橡子：感到丽江是古朴的、亲切的，心灵能和它对接。

主持人：第二次是什么时候到丽江的？这次的感受又怎么样？

橡子：四年之后，即2002年，是与朋友以自助游的方式过来的。当时住在古城，常常在古城泡，因缘际会也认识了一些丽江的朋友，有开酒吧的、有开书店的、还有导游。这次不像一般游客泡景点，比较生活化了。

主持人：这次你把自己当作什么角色，是游客还是丽江人？

橡子：应该是二者皆而有之吧。比第一次加深了对丽江的了解。第一次是很皮毛的认识，第二次能摸到脉搏；第一次比较盲

橼子与《飘落的丽江碎片》

目,第二次闭上眼也知道在古城怎么过桥走路。

主持人:你来了丽江六次,印象最深的是哪一次?

橼子:当然是第三次了。在丽江住了三个多月,当时正巧是2003年非典流行的时期。我在古城走,大街小巷的商店都关着门,冷冷清清,四方街只有几个本地人在打羽毛球。当时我的心情很复杂。通过关坡收费站,检查人员得知我们从广州来,查得非常严。我说,我先在昆明住了好长时间,已经自我隔离了,他们看了从广州到昆明的飞机票,才放行。这次在古城一户纳西人家住了三个多月,与纳西人生活在一起。

主持人:这种生活是怎么样的呢?

橼子:很日常化。我与他们像一家人。2002年那次来时就找到这家人,与他们约好2003年我会来常住。我与他家同姓,与他们一家人一起吃饭,做客和化賩,与他家的人打乒乓球,充满了温馨的家的味道。我完全融入了本地人的生活中,到丽江好像到了第二故乡。

主持人:这种生活与广州很不相同吧?

橼子:是大不相同。广州是高楼大厦,每家都关门闭户,互相不往来。而丽江人家随时走出去,客人也随时走进来,相互沟通,邻居之间关系很融洽。小桥流水人家的丽江古城,家家院落里有花草树木,生活节奏缓慢;大型都市则是车水马龙,匆匆忙忙,生死时速。

主持人:你在广州做什么事?

橼子:做杂志编辑。

主持人:后来到丽江的感想又是什么?

橡子：最近两次来丽江，觉得丽江的变化非常大，对外越来越开放，越来越国际化了，打开心窗接纳外面的意识更强了，商业化更明显了。商业化有利也有弊，商业化让更多的人认识丽江，但是却失去了古朴与本真。

主持人：有些人来丽江，会有自己的故事，不知你有没有自己的丽江故事？

橡子：我个人的故事不强，是作为旁观者来看丽江的。

主持人：你来丽江还写了一本书，能不能介绍一下？

橡子：我的这部小说主要写2003年非典流行时期到丽江的生活片断，写了我住的万春园客栈、纳西人家、泸沽湖、导游朋友、阿酷咖啡屋、纳西族的火把节和化赕风俗，是作为旁观者记录下来，书名叫《飘落的丽江碎片》，这本书我已经看到在古城书店里出售了。

主持人：能不能讲一讲这本书的梗概？

橡子：是片断式的，只有五万多字，主要是回顾我在丽江生活的一百多天，给自己留下一个印痕，作为青春的留念，故事情节很简单。

主持人：有没有表达出对丽江的特殊感情？

橡子：当然有。这感情融进了平常而又真实的生活，这感情跳动在书的字里行间。

主持人：你觉得最能突出主题的文字有哪些？

橡子：这本书中有一章写了八位八十来岁的老妇人，她们化赕活动蛮感动人的。这是丽江纳西族最具代表性的聚会，每人每月拿出相同的钱,轮流到一家做客。穿过古巷的老人们满脸风霜,皱纹密布,但很从容、很坚定。

主持人: 而且她们对生活很乐观。

橡子: 对!纳西人很浪漫,很有生活情趣。有句纳西话说得好:像蜜蜂一样工作,像蝴蝶一样生活。纳西族妇女辛勤劳作,纳西族男子爱好琴棋书画。

主持人: 你这本书中还有没有其他有意义的事?

橡子: 其中还写了一些来丽江的各式各样的陌生人,包括外国游客,我写了一个加拿大人和一个澳大利亚人。他们对丽江的评价蛮高的。

主持人: 他们是怎么说的?

橡子: 他们说,很喜欢丽江,很惊诧有这么一个好地方。他们认为中国文化博大精深,很想留在丽江学中文。

主持人: 你这么喜欢丽江,今后还会再来吗?

橡子: 当然还会再来。

主持人: 有没有想过,就像你写《飘落的丽江碎片》这部小说一样,还做些其他事,继续介绍、宣传丽江?

橡子: 其实,我在广州做的杂志也在有意识地宣传丽江。我也邀请了一些这边的朋友写有关丽江的稿子,这是正常的互动。以后由于工作的原因,我还会经常来丽江。

(节目播出时间:2006年5月)

30

王静文与新版《玉龙山》杂志

　　王静文女士是四川人,她曾写过一部以丽江生活为题材的长篇小说,在这部小说结尾,女主人公深情地说:"和丽江,永远不说再见!"其实这也是王静文的心声,丽江对她来说不是故乡胜似故乡。她是改版后的《玉龙山》杂志的执行副主编,在她与同事们的精心策划与辛勤运作下,一本以旅游、文化、时尚、生活为题材的全新的丽江杂志呈现在众多读者面前。王女士觉得,在一个自己喜欢的地方做自己喜欢的工作是双重的幸福。

主持人: 王女士,听说你是公务员辞职来丽江的,有什么原因吗?

王: 辞职来丽江要从我第一次到丽江说起。2001年8月,单位组织我们到丽江旅游,对丽江可以说是一见钟情。因为在行政机关上班,严谨、规范,与我的性格不合适,因此特别想从公务员的工作环境中逃出来。一个多月后的国庆黄金周,我只身一人再来到丽江,可以说二见更钟情,回去后我就决定辞职。虽然很多人羡慕公务员,但我觉得要看人的性格,有的人适合做公务员,有的人则不适合。

主持人: 当时您想来丽江做什么事呢?

王: 开始还没有具体的想法,只是一心想过来。但单位和家里都不同意。

主持人: 他们是什么态度?

王: 他们觉得很奇怪,我妈说你有这么好的工作不干,却要跑到一个偏僻的地方去(五六年前的丽江,还没有像现在这样广为人知),生活没有着落,没有亲友。我来丽江,与家里有很长一段磨合期。

主持人: 您辞职有没有舍不得的感觉?

王: 没有。辞职来丽江是2002年1月份,刚好春节前一周辞职的。之后立即就来丽江了。当时我一个人在丽江过春节。记得古城口大水车对面有一个大屏幕,播放春节联欢晚会节目,还有人放烟花。

主持人： 有没有孤独感？

王： 没有。大年三十晚上我坐在大水车前面看春晚节目，感到前所未有的自由和幸福。

主持人： 想没想过，来到一个新地方，必须有一份自己要做的事情？

王： 我觉得自己有手有脚，会找到事做。于是在古城租了间房住下来，到处走动。后来自己在古城开了个酒吧，做了一年多。

主持人： 在经营酒吧这段时间中，有没有难忘的人和事呢？

王： 有啊！有很多，可以说好好的，也有不好的，就说说好的吧。我的第二个房东人特别好，他完全可以涨房租，但他没有涨，平时没事还来酒吧帮忙，就像朋友一样，逢年过节我还去他家，与他家相处很愉快。

主持人： 您在丽江生活有什么感想？

王： 丽江民风好，很容易融合进去，觉得自己活得更像自己，更真实，不像在机关单位，一直都带着面具，要疲于应付很多无聊的东西。丽江是个神奇的地方，同样的一个人，他在大城市与在丽江之间的表现是不一样的，可能这个人在大城市不好的一面会扩大。而在丽江，他好的一面则会扩大。

主持人： 有没有想过这是因为什么？

王： 人的环境氛围，以及个人的心态都很重要。丽江是个自由而包容的地方，而事物都是双向的，你如果做得够好、够宽容，可能会发现你周围的环境也是平和、宽容的，然后慢慢地，

你都会觉得你周围的氛围变得更自由、宽容，而且温暖。

主持人： 听说您后来又离开丽江一段时间了，是吗？

王： 2003年底，因为一些个人情感上的原因，我将酒吧转让后离开了丽江。回家里待了些时间，还是想离开，当时试图找到一个像丽江一样的地方，曾在北京、湖南等地走了一趟。在湖南凤凰，我试图待下来，因为觉得凤凰与丽江应该有相似之处。但待了约20天，就感到很多地方都不喜欢，我自己分析了一下，发现是我个人的问题，因为丽江已经成为了一种标杆，任何一个城市都拿来和丽江比，这样的结果当然只能是越来越想丽江了，后来决定去昆明，不为别的，只为昆明离丽江近。2004年到2006年，我都在昆明工作，中间一有时间就跑回来丽江。

主持人： 您在昆明做什么工作？

王： 做媒体，编杂志。

主持人： 您还写了一本小说，结尾有一句话："和丽江，永远不说再见！"这是不是您的心里话？

王： 当然是我的心里话。我觉得，有些地方，你可以挥挥手就离开了；而有些地方，你人离开了，心可能永远也无法离开。我个人觉得在丽江待着的愿望比想在家乡待着的愿望更强烈。

主持人： 你在丽江找到了一种与其他地方不同的感觉，请具体说说这是什么样的感觉呢？

王： 就是活得更自我、更接近自己本真的那一部分。还有我太喜欢丽江的天气了，几乎天天能看到太阳，天气好了，我整个心情就会好。纳西族为什么很包容,我觉得可能与好天气有关系。我心里觉得自己也变成了一个丽江人,在丽江可以活得相对简单。当今社会很复杂,一个人能活得很简单,非常不容易。

主持人:丽江好,所以您在走了很多地方后又回丽江了,这次是什么时候回来的?回来后担任了《玉龙山》杂志执行副主编,乐不乐意?

王:我是2006年底回丽江的。《玉龙山》杂志要改版,有这么一个机会,能在一个自己喜欢的地方做自己喜欢的一份事,这是双重的幸福。而且可以把你对丽江的喜欢通过一个更大的平台,让更多的人知道,当然乐意啊!

主持人:请讲一讲您在《玉龙山》杂志社工作的情况。

王静文与新版《玉龙山》杂志

王：这是《玉龙山》第二次改版，更贴近生活，更贴近旅游，更贴近读者。版块的构架和设计与过去都有很大的不同。仔细想想，为什么丽江吸引着中外游客纷至沓来，一定有内在原因。我认为无论一个地方、一个人、还是一篇作品，需要达到更高的境界，这就是追求真、善、美的境界。在这个想法的基础上，我们就把《玉龙山》大的构架设定为真、善、美三大版块，力图更好地展现丽江的真、善、美的东西。但才刚开始，光有热情和爱是不够的，我们的团队需要不断进步，杂志也需要关注和关心。

主持人：我看了改版后的第一期《玉龙山》，有旅游、生活、时尚等，今后是不是会有新的内容？

王：我觉得大的构架近期不会有特别的变化。但会根据读者的需要和反馈不断地加入更多的内容。

主持人：您对未来有什么设想？

王：我觉得心里很安静，好好地生活每一天。我挺"迷信"丽江这个地方，也相信我们的团队会和这个杂志一步一步地走好。

主持人：最后，能不能用一句话来概括您的丽江情结？

王：我觉得一句话概括不了。就说一句的话那就是：如果还有下辈子，我还是愿意在丽江，甚至愿意出生在丽江，而不是在人生的中途才发现这个好地方。

主持人：王静文女士曾经在她写的小说中说过"对丽江，永远不说再见!"在此,也祝愿每一位像她一样的外地朋友在丽江生活得美好愉快!

(节目播出时间:2007年2月)

开办歆歆幼儿园的石妮娜  151

31

开办歆歆幼儿园的石妮娜

丽江歆歆幼儿园园长石妮娜是一位来自四川的藏族女子。在成都市,她开办了两所幼儿园。2005年的一次丽江之旅,使她萌生了在丽江开办幼儿园的想法,并立即付诸行动。现今,她开办的歆歆幼儿园已经一年多了。那么,石妮娜老师对丽江的幼儿教育事业有着怎么样剪不断的情结呢?

主持人：石老师，您说过很喜欢丽江，您是什么时候认识丽江的？

石：我的确很喜欢丽江。三年前，听朋友们说丽江是一个很好的地方。于是2005年8月我来丽江旅游，来了三天都下雨，不好出去玩，我就租了辆面的在丽江城到处走走。我在成都开了两所幼儿园，也想对丽江的幼儿教育做点事情。

主持人：您是怎么走上幼儿教育之路的？

石：我是学幼儿教育管理的，学前教育、幼儿心理学是边工作边完成的。我是一个藏族人，老家在四川省阿坝藏族自治州。记得在老家上小学时，教我们的一个老师要上几门课，还兼班主任。在老师的教育下，我们学会了汉语，同时也懂得了很多知识，深深感到老师真了不起，什么都可以教，什么都会做。我那时就有了长大了要当老师的想法。后来算我运气好，认识了现在我丈夫的母亲，她是一位幼儿教师，我们有缘走到一起，经常交流有关幼教方面的心得。

主持人：还是请您谈谈在丽江工作、生活的情况吧。后来，您怎么想到要在丽江办幼儿园？

石：我是从藏族地方走出来的。我深深感到一个人真正的幸福与从小受到良好的教育关系很大，我的成长就是一个例子。我与老家许多藏民的性格不大一样，就是因为受教育的程度不同。我从事了十多年的幼儿教育，我喜欢这个工作，感觉到与孩子们在一起，每天都开心。有人问我：你幼儿园都开了几所，有没有

开办歆歆幼儿园的石妮娜

成就感？我觉得不知不觉就走过来了。这离不开家长和老师们的支持帮助。

主持人：在四川，开办幼儿园可以选择很多地方，怎么选上在丽江，是不是因为喜欢上丽江了？

石：是的，我如果在四川继续发展，会比在丽江发展更能为家长认可。在丽江求发展是因为我喜欢上丽江，丽江好像自己的家乡一样。想为丽江多少做点事。

主持人：在丽江有什么感触？

石：在幼儿园上班时苦中有乐。下班后，晚上到古城的火塘烤烤火，聊聊天，整个身心都得到放松，身边坐着的任何一个人都好像是家里的人一样，感到亲切。

主持人：那您白天是怎么工作的？

石：白天上班时间，我都要到各个班走走，与孩子们在一起，参加各班的活动，跟孩子们玩游戏。放学后，再做一些小结、计划，例如，怎么防止安全隐患，因为学生安全问题十分重要。

主持人：您为什么会喜欢跟孩子们在一起？

石：可能是由于性格上的原因吧。十多年来，我在与幼儿园的上千孩子交往中，感到每个孩子都有很可爱之处，都有亮点，我很开心。当然有些问题，如孩子们难免有跌伤碰伤，我看到后会非常难过。

主持人：在丽江办幼儿园与在成都办幼儿园有什么不同？

石：在丽江幼儿园上班，我的精神更饱满，这是因为喜欢的缘故，因此心情特别好。

主持人： 在丽江办幼儿园，有没有遇到过困难的事呢？感受最深的是什么？

石： 有过。例如租到房子后的装修，在细节上遇到些问题，但是也从中懂得了不少。感受最深的是师资配备。成都方面的几位优秀教师跟着我过来，我是想让她们带动这边，把成都歆歆幼儿园的理念、经验带来。因为我一个人只能说，实际操作要靠那些跟随我多年的教师们，她们过来有利于丽江歆歆幼儿园尽快走上轨道。原来计划带出这边的教师后她们就回去，结果她们也喜欢上丽江，不走了，都是年轻女孩，有的还想在这边安家。

主持人： 现在，歆歆幼儿园的状况如何？

开办歆歆幼儿园的石妮娜

石:孩子已经有100多人,老师有15人,其中有三个是实习教师。我欣赏活泼、能言的教师,自己性格开朗、开心,才会影响到孩子,学习起来也才容易。

主持人:歆歆幼儿园喜欢举办一些演出活动,是出于什么考虑?

石:我办幼儿园有这样的理念:要经常搞活动。活动有多种,例如公开课、游戏、体育、节庆时到社会上演出等。对外演出一是给老师们锻炼的机会,同时也让孩子们有机会走上舞台锻炼。这次在金凯广场的演出就是出于这一考虑举办的。很多创新就是敢做敢说产生出来的。虽然这种活动有宣传的因素,但我们主要是让来到歆歆幼儿园的孩子们,不管从前是什么性格,走进歆歆幼儿园后,能够活泼开朗,多才多艺。

(节目播出时间:2006年6月)

32

付烟寒：爱你所爱，无怨无悔

曾经在广州某公司担任首席设计师的付烟寒，一次偶然的丽江之旅，让她爱上了丽江，从此后她一发而不可收地迷恋上了丽江。本以为可在丽江稍作停留，可一停就是六年。目前，她在丽江经营着很有特色的服饰店，店里大部分服饰是她自己设计制作的。

付烟寒：爱你所爱，无怨无悔

主持人：烟寒，你最初什么时候来到丽江？

付：2001年五一节长假，当时是来旅游。来之前从没听说过丽江。到云南第一站是昆明，然后到了大理。公司老总说下一站到丽江。我还以为丽江是大理的一个地方。

主持人：那次来丽江待了多长？

付：就只待了两天两夜。当来到古城入口水车旁看到清澈的流水，颇有前世今生的感觉。我站在河水边，就激动得流出了眼泪。当晚就在古城逛，感到这是我待过的地方，好像某个梦境中曾出现过。

主持人：我初到丽江，看到一本《丽江的柔软时光》，书中有对你的介绍，说你属于用真心换真心的人。你的名字"烟寒"也很有诗意。

付：2005年出这本书时，我来丽江已经四年了，之后我的生活轨迹确实改变了。

主持人：请介绍一下你来丽江之前和现在做什么工作？

付：我是做服装设计的。16岁开始学画画，一直在服装行业，不停地在学习服装设计。1998年来广州丽江坊，现已被评为南中国十大名牌之一。我现在仍在服装行业。只不过现在我做的是往乡村走，做一些淳朴的、民族的东西。

主持人：你是什么时候决定留在丽江？

付：2001年5月在古城新华街结识了一个做木雕的朋友，与他交谈中了解到古城的过去与现在的许多事，觉得我可以留下来。

我请他留意一下店铺，如果有一个小店，我就有来丽江的理由。回去后，有一天我对老总说，我想辞职来丽江，他没有理我，我就常向他唠叨要到丽江。

主持人： 我觉得当时你"中毒"了，你为什么要辞职？

付： 我想要过几年自由的生活。因为时间长了，不喜欢过于城市化的东西，喜欢自然朴素的。感到特别烦。后来我对老总说，我怀孕了，要到丽江养胎去。这次老总没法了。这之前，我是干起工作来特别拼命的那类人，怀过一个孩子流产了。老总只好说：行，你去吧！

主持人： 你是一人来丽江的吗？

付： 我只身一人来丽江，当时27岁，开始找店铺，找到后做生意。每天上午睡到自然醒才开店，关店后与同一条街开店的人一起玩，一起聊天。

主持人： 你现在有些什么变化？

付： 变化挺大的。早两年，只有一、二个店铺时，可以安心搞设计，听听音乐，写点东西，现在与姐姐一起做，店开得多了，处于一种疲于奔命的状态。

主持人： 为什么你们会开这么多店呢？

付： 开这么多店，就是想在丽江待下来，想给自己找理由留下来。而你愿留就要想办法把它做得更好。存钱不如多开店。

主持人： 很多游客都喜欢你设计的服饰的风格。听说你在丽江生了一个男孩。

付：对，叫牛牛。我很高兴人家叫我"牛牛妈"。等牛牛长大，我会给他讲我来丽江的故事。

主持人：那牛牛他爸的情况如何呢？

付：我俩是2000年结婚的。我当年来丽江，他同意了，并且给我收拾东西。他在广州有工作没有来。2002年

七八月份我回那边生孩子，他陪了我两个月后，又送我来丽江。之后我和他讲，我想在丽江待着，甚至对他说，你有合适的人，我们就离婚吧，他很惊讶。当时我很草率，没替孩子想，他需要父亲。

主持人：那你为什么不试着说服他，叫他与你一块来丽江呢？

付：他来过，但是他不愿意接受这种生活，那边有他的生活圈子。而我已经不能回到以前的生活轨迹了。孩子三岁时，我们就离了，但分手后仍是很好的朋友。我现在与父母亲和孩子生活在一起。

主持人：可能是因为丽江对你太有吸引力了，才让你放弃了从前拥有的一切吧。归纳一下，这六年，你有多爱丽江？

付：我觉得丽江是我的挚爱，是一直放在心里珍藏着的美好的东西。不管我今后去什么地方，丽江都是我心中最温暖的地方，永远都是！

主持人：最后，请你对所有外籍丽江人说几句心里话。

付：就只说一句："爱你所爱，无怨无悔！"

（节目播出时间：2007年7月）

33

"嫁给丽江"的浙江女何林

浙江省金华市姑娘何林,两年前与丽江的一次偶然结触,让她和丽江结下了一辈子的情缘。她当初也许没想到要嫁给丽江。何林是快乐的,也是幸运的,因为她在丽江找到了爱情。究竟是什么原因使她选择嫁给丽江呢?她在丽江究竟有着怎么样的一段浪漫的姻缘呢?

主持人： 何林你好，你是什么地方的人，当初你怎么会想到来丽江呢？

何： 我是浙江金华人，金华也是旅游城市，但是生活节奏快，我不喜欢把自己弄得疲惫不堪的。我喜欢工作一段时间后，出去散散心，看看外面的世界，而丽江是旅游城市，艳遇之都，我就来了。

主持人： 来丽江前有没有对丽江做些了解？

何： 我在来丽江前做了许多功课，如上网了解丽江是怎么样的一个城市，有什么好玩的与好吃的。而要了解丽江先要了解丽江人。我就在网上交了许多丽江朋友，我现在的老公就是其中一个。

主持人： 今天的嘉宾何林就是真正嫁给丽江的女子，你老公是一个纳西人吗？

何： 是啊！当时网上交的许多朋友，聊一阵天后就杳无音讯了，但他一直向我介绍丽江的风光，介绍纳西族的风土人情。我到丽江旅游，他特别热情，为我订房间。

主持人： 我并不相信网恋，你相信吗？

何： 不相信。当初我与他只是网上聊天，别的没聊。

主持人： 你是什么时候来丽江的？来了后给你留下了什么印象？

何： 2005年8月下旬，我一个人背着包就来了。丽江对我来说是一个神秘的地方。傍晚到丽江客运站下车，有个小坡，就感到有

点像重庆是山城,印象不大好。但当他带我到古城后,我的心情马上变了。看到清澈的流水,漂亮的房屋,感到世界上竟然有这么好的地方。第二天正好是星期六,他不用上班,就陪着我慢慢逛古城。我感到丽江怎么会有这么热情的人。说实话,外面人情较淡薄,人与人之间缺少纯真。如果要这样做,总是带着某种企图的。

主持人:你有没有想过这男孩会对你有企图?

何:没想过。他对人特别真心,他的眼睛很纯,没有看不透的。

主持人:这次你在丽江待了多长时间?

何:差不多一个月。先住在旅社里,开支大。为替我省钱,后来他与他母亲说了,她母亲就同意搬到他家住。他家是一个地地道道的纳西人家,很淳朴,他父亲是位教师,我与他们一家沟通很顺利。

主持人:我想从那以后,你会对纳西族有一些独特的看法。

何:对!丽江的民风与外面不一样。在外面找对象,会有各种各样的物质条件强加给你,例如有没有稳定的工作与收入等。但纳西老人并不这样。

主持人:你什么时候与他有那样的特殊感觉?

何:通过了解,我觉得他是一个很淳朴、很值得信任的人,回金华后又在网上聊,觉得这个男人是可以依托终生的。

主持人:这说明你与丽江很有缘。

何:是啊!我觉得与丽江有缘。我去过很多地方旅游,而且是一个人去,但是从来没遇到像他那么热情的人,像他家那么好客的家庭。

主持人：后来是什么时候决定和他建立恋爱关系？

何：几个月后的过年时，我邀请他来浙江金华玩，他就来了。过年后不久，我们就领了结婚证。熟人都说我胆子好大。我认为时间长短不重要，重要的是对方的人品要好。

主持人：当时你父母怎么看这件事？

何：父母当初知道我与杨辉在网上认识的，不同意，认为网恋会不会是骗人。我说我去过他家，了解他。我父母毕竟只有我一个女儿，不希望我嫁得那么远，妈妈常为此流泪，特别反对。后来他来我家，表现得很好。每天早上打扫卫生，买菜做饭，特勤快，父亲感到他的人品、性格都与他很像，觉得把女儿交给他可以放心。随后领了结婚证，就离开父母亲来到丽江。

主持人：你已经把老公的姓名说出来了——杨辉，杨辉是我们广播电台的人，你们当时举行婚礼我也参加了。你能嫁给丽江，令人羡慕。中国这么大，你为什么只选择了丽江，而且与丽江的一位纳西男子喜结连理，他是不是你最爱的人？

何：我来到丽江就有回家的感觉，心情特别放松。我最爱的人就是父母亲和他。父母与我有着天然的血缘关系，而他是我自己选择的爱人。

主持人：祝你们小俩口的生活越来越幸福。你的纳西族亲人如果在收听节目，你想对他们说点什么呢？

何：爸爸、妈妈，你们可能会说我是一个外来的媳妇。但我是

"嫁给丽江"的浙江女何林

发自内心真正爱你们的,因为我爱你们的儿子杨辉,我爱丽江。

主持人: 当初你决定留在丽江生活时,你觉得是杨辉吸引了你呢,还是丽江吸引了你?

何: 刚踏上丽江这块土地,就想留在丽江,那时没想到是因为他留在丽江,纯粹是因为丽江吸引了我;但是后来慢慢地,我和他从恋爱到结婚,后来才觉得是这个男人留住了我。

主持人: 你对丽江有一种特殊的情感,不仅是你爱上丽江,更重要的是在这儿找到了你一生中最爱的那个人。

何: 是啊!我与杨辉认识后,认为这种情感是最真挚的。真爱是有一个长期相互依靠的人,到老了后,能在上街时手牵手。我相信与杨辉能够做到。

主持人: 假若你老公就在你身边,你会对他说什么?

何: 我会说:老公,继续爱我吧,我也会好好加油,继续努力。一开始我没觉得是因为你把我留下来。但是你一直在问这个问题:是丽江留下了我还是你留下了我。我现在可以告诉你。是你留下了我。是你我的互敬互爱,我才留在了丽江。

主持人: 最后请你对听众说一句心里话。

何: 我觉得像我这样想嫁给丽江的女人其实很多,真正嫁给丽江的女人也不少,我希望她们和我一样幸福,一样快乐,一样健康,一样能与自己相爱的人一直走到老!

(节目播出时间:2007年6月)

34

来自东北的新闻主播于烈鹰

2004年11月,毕业于大学播音主持专业的吉林小伙子于烈鹰踏上了前往大西南明珠丽江之路。在乘坐火车与汽车的那段时间,他总是反复地构想心中的丽江。到丽江后,他成了电视台的一名新闻播音员。三年后的如今,每当他给人介绍丽江时,总会自豪地说:"我们丽江……"

来自东北的新闻主播于烈鹰

主持人：听众朋友们，如果你经常收看丽江新闻，就会看到屏幕上一张英俊的面孔，他就是丽江市电视台综合频道新闻主播于烈鹰。小于，请问当初你是怎么来到丽江的？

于：2004年秋，我大学毕业面临双向选择要自主择业。当时我们播音主持班共有40多个同学，但只有我和李琳接到丽江电视台发来的传真，要我们到丽江面试。这也许是与丽江有缘吧？

主持人：在这之前对丽江了解吗？

于：对丽江只是通过当时热播的电视剧《一米阳光》有点了解，觉得丽江风景美，纳西女子着装漂亮，只了解到一些表面的东西。

主持人：你是一人来还是与人一起来丽江？

于：我的父亲陪我，李琳的母亲陪她，四个人一路同行来丽江。家长都希望我们能到一个好地方，找一份好工作。

主持人：到电视台后，你首先是做"新闻今日谈"节目吧？有没有觉得播音主持会有很大压力？

于：这是我进台里后做的第一个节目，是访谈性节目。因为自己年龄小，生活阅历少，没有工作经验，要做的又是有较高层次、有难度的节目，而我对丽江文化又缺少了解，所以有一定压力。

主持人：我当时看你主播的节目，感到你表现得从容镇定，丝毫不觉得你是阅历少的主播。你是怎样克服困难的？

于：我注重给自己"充电"，买书看。特别要感谢电视台的领导，告诉我要多了解丽江的情况，还给我介绍一些书籍、材料，并在做节目前做一些案头工作，整理好资料，多方面积累，这才会有好的效果。

主持人： 近三年来，丽江是什么最打动你？

于： 应该是丽江的人特别打动我，感动我。例如去年五一黄金周期间，我在古城四方街采访，纳西族妇女打跳的特别多，我们采访一位纳西老奶奶，问她为什么每天都来打跳。她说，能让游客乘兴而来，满意而归，我们就很高兴。这使我很感动。纳西人还会主动给游客解答问题、指路，甚至给游客带路。

主持人： 这是在许多大中城市里感觉不到的一种人与人之间的真诚。你在工作中接触的纳西人多不多，有没有想过学纳西话？

于： 接触的纳西人非常多。首先单位的同事大多数是纳西人。刚来时听不懂纳西话，不利于交流。后来觉得纳西话好听，促使我特别想学，现在，别人说纳西话多数能听懂，自己也说一些简单的纳西话。

主持人： 现在你觉得自己在丽江是一个什么角色，还把自己当外地人吗？

于： 我觉得很多时候我也是一个主人，特别是在古城、在雪山等景点，当我看到很多游客在拍照、在赞美丽江时，我会从内心产生自豪感。在古城有人问路，我都会像纳西老奶奶一样耐心地给人家讲，向人介绍丽江时，我会说："我们丽江……"

主持人： 是啊！我这个来自武汉的人也会和你一样，在给人介绍丽江时会说："咱们丽江……"你对古城和玉龙雪山的印象如何？

于： 古城可以让人的心情得到放松。在古城，眼前的人和

来自东北的新闻主播于烈鹰

景，会让你想到一些美好事，很多不如意的事都会忘记。玉龙雪山在当地人民心目中是神山，它真的很神奇。

主持人： 最后，请你对在丽江工作、生活的人说一句话。

于： 好！我要说的话是：在丽江，你快乐吗？如果快乐，就对全世界的人说，在丽江，我很快乐！

（节目播出时间：2007年5月）

开石磨坊的西北汉子浩哲

来自大西北宁夏的李浩哲几年前中了丽江的"毒",毅然放弃高薪的IT行业,来到丽江后,在古城里开了一个名叫"石磨坊"的餐饮店。浩哲为什么会来丽江,到丽江后他有着怎样的故事和感受呢?

开石磨坊的西北汉子浩哲

主持人：浩哲是哪里人，原先在哪儿工作，最早是哪一年来丽江的？

李：我是宁夏人，当初在深圳做IT工作，常年被派到昆明。我于2000年5月第一次来丽江。当时古城游人没现在多，南门还没开发，那一次只在丽江待了三天，很匆忙。

主持人：想要在丽江留下来是什么时候，为什么会留下？

李：2004年3月第三次到丽江就留下了。原因很简单，在大中城市工作压力大，时间一长就烦躁，烦躁起来就有了惰性，总想给自己找一点生活的乐趣，就偷偷跑到丽江，想在这里做生意，休息放松一下。在找店铺时，经人介绍，选中了七一街现在石磨坊这一个位置，我认为不错，可以试一下。

主持人：石磨坊是以前的名字还是你后来取的？

李：是我后来取的。我听人说，这地方早先是一个小面馆，里面有一个石磨，"石磨坊"三个字，叫起来顺口，能给人质朴、怀旧的感觉。这三个字是红颜色写的，人们就说，哎呀，这是红磨坊啊！

主持人：你现在做餐饮跟从前做IT，好像八杆子打不着边儿，真佩服你。

李：我做餐饮，也许是觉得这简单，不会像做IT那么难，那么累。我才来丽江只是想换个生活方式，只要留在丽江就好，不要有大的压力，所以选一个能维持基本利润、还有时间玩的事，就选择了做餐饮。

主持人： 你的家人对你的选择怎么看？

李： 我在外多年，做什么事自己决定，家里人没反对。父母亲来丽江住过半年，认为这地方好。

主持人： 丽江是不是有一种神奇的力量，你对丽江有什么特别的感受？

李： 心里可以意会，但不能用语言具体描述出来。在丽江生活舒服，没有大的压力。

主持人： 这三年在丽江做餐饮是否得心应手？

李： 也还可以。初来时要多费点心思，现在很多事情可以交给小弟小妹们去打理了。

主持人： 能不能讲讲你目前的生活？

李： 现在比较慵懒，上午很晚才起床，晚上与朋友喝茶与聊天很舒服，如果钱包再多鼓起些会更舒服。

主持人： 想冒昧问一句，在丽江有没有使你难过、心烦的事？

李： 也会有。我在丽江做了一年多餐饮，就烦了，想离开丽江，因为日子过得很单调，几天过得像一天，忘记了自我。随后出去游玩，又想开了。我想，在丽江既有事做，又有时间出去走走。心态调整以后，感到在哪儿生活都一样。而全中国像丽江这样的地方是很少的，在丽江生活是很幸福的。

主持人： 能不能用你自己的话来描述对丽江的爱？

李： 丽江像自己喜欢的一个女人一样，如果与她的性格合不

开石磨坊的西北汉子浩哲

来，会又爱又恨。

主持人： 我觉得你这句话听起来很有意思，又很深刻。比如前几天就有人说我中了丽江的"毒"，这句话特别贴切，我觉得你好像也中了丽江的"毒"。

李： 对。离开了她又要想念她，回来后又要与她相互包容，有点微妙。

主持人： 你过去的同事都知道你在丽江吗，他们怎么看你？

李： 都知道我在丽江。他们很羡慕我，认为我既有事做，又可以到处玩。在他们眼中我是最幸福的人了。也许我赚的钱没有他们多，但他们认为我的生活很棒，能做自己喜欢做的事，过自己喜欢过的生活。在大城市想不通的事,在丽江就想通了。

主持人: 你有过不顺心的事情吗?

李: 我来丽江前与女朋友分了手,工作上的事又很累,想清静,想放松,就来丽江了。

主持人: 你这样说就更证实了一句话:丽江像一棵树,让受伤的鸟儿停在树上休歇,等鸟儿把伤养好了,它喜欢往哪里去就往哪里去。

李: 说得好,真的是这样。当你在树上停留久了,你肯定要想飞出去,你说的这句话,有点像我现在的情况。

主持人: 希望你在丽江的每一天都快乐,也希望你能实现自己的愿望。最后请你对在丽江生活的外地人说一句话。

李: 爱丽江,好好享受丽江的生活,开心就好。

(节目播出时间:2007年6月)

"丽江是一个心灵的家园"  175

36

"丽江是一个心灵的家园"

  白捷女士是来自上海的一位白领。10年前,她看了介绍丽江的电视片,丽江就留在了她的记忆深处,就在她心中播下了梦想的种子。母亲的逝世使白捷十分痛楚,都说丽江是最适合疗伤的地方,白女士来到丽江后,失去母亲的心病好了吗?她10年前的梦想在丽江实现了吗?她究竟会带来怎样的情缘故事呢?

主持人： 白捷您好，您来自哪个城市，最初来丽江是哪年？

白： 我是南京市人，但我是从上海来丽江的。我在上海待了十年左右，我第一次来丽江是去年5月下旬。

主持人： 您为什么会来丽江？

白： 我对丽江向往了很久。10年前，丽江被评为世界文化遗产后，电视里经常播放丽江的风光。当时就有一个梦想：今后一定到丽江教书：下课后在小河边吹吹笛子，看看雪山，那是一个梦想中的生活场景。

主持人： 挺惬意的，看来您10年前就梦想到丽江生活了。

白： 在大城市工作压力大，看到丽江的景象，非常向往。我记得那时的丽江与现在不大一样，当年四方街的周围摊子都摆着许多小玩艺，卖铜器的摊子很吸引人。那时就很向往，但因为忙，愿望一直没有实现。到了2005年，决定来丽江度假，在网上做了很多功课，了解到很多丽江的信息，飞机票都买好了。但人生总是有很多意料不到的事发生，母亲突然去世了。现在每次想到订票与退票的情景，都感到痛楚。

主持人： 经过与母亲生离死别后，您对丽江有什么想法？

白： 有很长一段时间，我都不敢去看丽江的东西，也不愿意去想，这会引起我因思念母亲而痛楚。这是我人生的一课，因此我奉劝各位听众：当父母还健在时，你想为他们做点什么，你现在就去做，不要推到以后，因为这个机会可能一下子就没有了，连补救的机会都没有了。

"丽江是一个心灵的家园"

主持人：这以前有没有听别人说丽江是可以疗伤的地方？

白：看了网上的一些文章，对丽江也有所了解，但没有多想。可是有一天，无意中看到一则助学启事：有些贫困学生需要帮助，而有些游客来到丽江后，也可以提供一些资助。这则启事也可能是老天爷给我的启示吧。我正后悔没有为母做什么事。看了启事后我感到，可以用我母亲的名义资助两名贫困女生，然后我可以用这个名义到丽江看看她们。自从有了这个想法后，我的心情就开始好起来了。

主持人：您是否觉得，妈妈的在天之灵知道这件事，她也会高兴？何时有这个想法？

白：是的，这也是对她的在天之灵的祝福吧！这个想法是去年4月份产生的。我觉得在贫困地区，当一个家庭特别困难时，女孩子的教育尤其重要，因为她将来会成为一个母亲，母亲受过教育，对一个家庭至关重要，她可以提高一家人的素质。

主持人：当时您就在网上与发启事的人士联系了吗？

白：对！并且安排来丽江的行程了，在这以前，我的工作一直很忙，并认为我不能离开这份工作，这份工作也离不开我。

主持人：您以前在上海从事什么工作？

白：从事咨询服务，我有个苦心经营了五年的咨询公司，还有一个合伙人。我与合伙人谈了要离开3个月，调整心情，做点我喜欢做的事。

主持人：我觉得您在上海有一份令人羡慕的而自己又非常熟

练的工作，但还是毅然决定离开上海，真不容易。

白：是的。但到了丽江后，我真的觉得丽江是一个心灵的家园，心灵的归宿，飞机一着陆，我内心就有"终于来到丽江了"的感慨。

主持人：在决定以母亲的名义资助贫困生前，想到丽江你有点难过，但有了这想法后，您的心结可能慢慢打开了吧？

白：对！因为解铃还须系铃人，心结因丽江而起，医治这个伤痛还得到丽江。

主持人：没错，这是让您伤心又让您心爱的地方，也说明您与丽江有一份不解之缘。

白：对！在这之前，常想着晚上会梦见母亲，可都没有梦见。自从来到丽江后，会经常梦见母亲，看来丽江真的是个心灵的家园。

主持人：丽江给您的印象如何？来到丽江后，除了想资助两个女孩子外，您还想做点什么？

白：我一是非常喜欢这里的环境、生活方式，另外觉得这里山美、水美、人更美。第一次来丽江回去后，就想长期到丽江居住，长住就要找一些事情做，我决定来这里教书，十年前我就有这样一个梦想。我不知不觉就朝这个梦想的方向做了。

主持人：看得出您是一个非常有爱心的人，是一个非常热爱生活的都市女性。能不能透露一下您资助的两个女孩子的情况？

白：两个女孩子一个在丽江的奉科乡，一个在维西县的叶枝

"丽江是一个心灵的家园"

乡，今年读初三，面临升学考了。叶枝的那个女孩我见过了，在奉科乡的那个，我准备下星期去见她。她给我写了一封信，非常感人，说什么也要去看她一下。

主持人：这两个女孩子是幸运的。您的资助可能会给她们的一生留下难忘的印象，也会促使她们更勤奋地学习。

白：我觉得这帮助是互相的。我虽然给了她们一点钱，但她们则给了我一个机会，如果没有这机会，我还会在痛楚中挣扎。

主持人：您是一位特别坦率的人，从与您的交谈中我发现您在帮助别人时，还会使自己收获到一份快乐。现在您对丽江有什么样的情感？

白：来丽江旅游与在丽江工作感觉是不一样的。自从我来丽江工作后，就把自己当作丽江人。特别是去古城、去束河，看到游客从我身边匆匆走过，我觉得很自豪，我是居住在这里，用不着来去匆匆了。

主持人：我也与您一样，是外地人，也不由自主地将自己融入了丽江。您在丽江接触的本地人，尤其是纳西人多不多？

白：有很多，而且他们给了我很多帮助。我最喜欢做的一件事就是去纳西村庄里看一看风土人情，去接触纳西老乡。

主持人：您觉得在丽江找到你理想的生活了吗？

白：应该说是我向理想的生活迈进着吧。我很欣喜。您如果有一个梦想，请不要放弃，只要坚持，并有勇气去做，就会慢慢实现。

主持人：最后，请您对来丽江的外地朋友说一说自己的心里话。

白：很多人来丽江后，向往丽江的悠闲，也就是书上所说的"丽江的柔软时光"。可是也有很多人来了后又开始抱怨丽江的种种不是。其实您如果用一种欣赏的眼光去看待丽江，用一种平常的心态看待周围的一切，您会发现丽江有很多美好的东西。您如果到了贫困地方，看到贫困学生，您的种种抱怨都会没有了，您有的是一份爱心，会希望为贫困生做点什么。

（节目播出时间：2007年6月）

37

"我珍惜在丽江的时光"

听众朋友们,如果你晚上经常打开电视收看丽江电视台8点正开播的"新闻夜班车"的话,你一定会认识节目女主持人孙艺丹。这位东北吉林省的女孩子大学刚毕业就义无反顾地来到了美丽的丽江。那么,她会有着怎样不寻常的丽江故事呢?

主持人：小孙你好！你是丽江电视台的主持人，观众都很熟悉你，今天想跟你聊一聊，当初你是因为一个什么样的机缘来到丽江的？

孙：我老家在东北吉林省，我在那儿学播音主持专业。2004年面临毕业求职，丽江广播电视台给我校发来信息，说比较需要这方面的人，我就把我的碟子、带子和简历邮到丽江电视台了。

主持人：确实很巧，吉林距离丽江上万里路，对很多人来说不可思议。大家在电视屏幕上每天看到你，但是不知道你来自哪里，今天终于知道了你的家乡在吉林。当时你对丽江有什么印象？

孙：说实话，在吉林时我对丽江没概念，不知道这是什么地方，但听很多人说这是世界著名旅游城市，还听人说《一米阳光》是在丽江拍摄的。当时正在热播这个电视剧，我就看了一遍，看了后也没有直观印象。但来到丽江后，激动是无法用语言来表达的，特别是走在古城，感觉太神奇了。

主持人：怎么神奇呢？

孙：一座座古朴的民房，形成一个城市，无法用语言来表达。

主持人：我很羡慕你大学一毕业就来到这么好的地方工作，我想知道你的家乡与丽江的差别大不大？

孙：差别很大。丽江民居大多是庭院，而在我的家乡人们都住公寓。

"我珍惜在丽江的时光"

主持人：当初选择来丽江，父母是怎么看的呢？肯定会舍不得吧？

孙：父母是舍不得。我是家中的独生子女，家里人知道我要到丽江，挺不放心的，毕竟我要去的地方离家乡很远。

主持人：中国像一只雄鸡，你的家乡在"鸡头"，来到"鸡尾"确实是很远的。

孙：这个比喻很贴切。当时家里人尽管舍不得我远离家乡，但还是比较尊重我的选择，我也有股初生牛犊不怕虎的劲，想去看一看，想尝试一下，这样我才能成长。

主持人：来到丽江后，在电视台工作了，丽江给你一种什么样的感觉？

孙：我首先感到这里的人很热情，很质朴，不像喧嚣的城市的人复杂。这里的人能与你融洽相处，对你很好。

主持人：你工作了近三年，有没有特别的感触？

孙：在"新闻夜班车"这个集体中，可以从不同角度来看丽江，我觉得丽江是一个多元化、包容了很多元素的地方，这都是我很向往、很需要的。

主持人：你所学的专业与你所从事的工作，让你在丽江找到了一个适合的切入点，你觉得到丽江后实现了自己的工作与生活梦想了吗？

孙：实现了。我真的很感激这个地方，可以说这是我参加工作的第一个地方，它给我留下的印象很深，让我学到的东西很多，可能在其他地方，包括在家乡都是得不到的。第一次探亲回到家乡一个月，我特别想丽江。

主持人：有没有觉得丽江在不知不觉中已经嵌入了你的心灵深处？

孙：这段经历和生活是会让我永生难忘的。

主持人：家应该是非常温暖的地方，不知你每年探亲回家都会想念丽江吗？

孙：每年想念的感觉都不一样。我有一次梦见我带着父母来丽江旅游，他们感叹这里真神奇，太美了。我很希望父母将来能来丽江悠闲地安度晚年，我希望这个愿望能尽快实现。因为工作的关系，父母亲至今还没有来过丽江，还没有享受过丽江休闲的生活。

主持人：我想，他们的女儿在这边工作后，他们会经常关注这边的。

孙：是的。他们爱看丽江的消息，特别关注丽江的情况。有人向父母问起我在哪工作，当听到我在丽江时，问讯的人都说，丽江是个旅游城市，这是个值得羡慕的地方。

主持人：我能想象得到，每当这时，你的父母该有多自豪，女儿大学刚毕业就到了一个令人神往的地方，你自己有没有一种幸运感？

孙：有！当初我们班的同学得知我来丽江，都为我高兴，也有人将简历等邮到丽江。我对同学们说，丽江甚至于比你们

想象的好,有机会一定来看一看。

主持人: 在丽江工作的三年中,你最感动的事情是什么?

孙: 刚到丽江,身体不适应,常生病,那时同事、朋友们给了我很大的帮助,生病期间端水送药,使我感到很温暖。身边有这么好的同事、朋友,我感到很幸运。

主持人: 在丽江工作的三年中,有没有与纳西人接触过?

孙: 有!因为广播电视台里很多同事就是纳西族,他们很直爽,对人热情,这是我最直观的感觉。与东北人的热情、直爽没有大的区别,只是语言方面有些隔阂,但这是很小的问题。

主持人: 你现在快乐吗,是一种什么样的快乐?

孙: 我很快乐,首先是我从工作上得到了快乐,生活上才快乐。我初来丽江的目的就是为了工作,现在的工作能使自己学以致用,其次是符合我的个性。在工作的快乐中,我找到了生活的快乐。

主持人: 你想对收音机前的听众说些什么?

孙: 首先要感谢大家一直关注我,一直关注"新闻夜班车"这个栏目。我很珍惜在丽江的时光,丽江是我的第二故乡,我会用对老家的心态来对丽江。

主持人: 最后,想请你用一句话告诉我们,你有多爱丽江,丽江在你心目中占有多大位置?

孙: 我很喜欢丽江的天空,我很喜欢丽江的流水,我很喜欢丽江古城中自由自在的鱼,我很喜欢丽江的春夏秋冬,我很喜欢丽江好吃的东西,我很喜欢待在丽江同事身边,与同事一起去玩,一起去看外面的世界。

主持人: 谢谢你,祝你在丽江一切顺利,也祝你的愿望能早日实现。

孙: 我还要感谢丽江,并希望来丽江工作的朋友或已经在丽江生活的朋友能好好享受这里给你的快乐,给你的经历,给你的美好回忆!

(节目播出时间:2007年5月)

38

"丽江是我的第二故乡"

朋友们，当你收看丽江电视台综合频道的"天气生活"栏目时，就会从屏幕上看到一张靓丽的面孔，这靓丽的女主持人就是来自东北吉林省的李琳。李琳究竟和丽江有着一种什么样的不解之缘呢？

主持人：李琳你好！你是什么时候来到丽江的，为什么会选择来丽江工作？

李：我是2004年底来丽江的，这与我所学的播音主持专业有关。我快毕业时，得知丽江电视台要招播音主持人，我抱着试一试的态度就来了。

主持人：这说明你和丽江挺有缘的。

李：是啊！有朋友问我为什么会来到丽江，我就说"是缘份呗。"

主持人：这之前你对丽江有印象吗？

李：只是从电视上看到丽江是一个旅游城市，当初根本没想到会来丽江工作和生活。

主持人：当丽江电视台决定要你过来时，你的心情怎么样？

李：开始有点不敢相信，慢慢地才平静下来。

主持人：你来到丽江后有什么感觉？

李：首先我觉得丽江很美丽，跟以前在网上获得的信息一样，再有就是觉得丽江人非常质朴，特别友好和好客。

主持人：你背井离乡只身一人来到一个遥远的地方，是需要勇气的，选择是不是很艰难？

李：跨度是蛮大的，一个是大东北，一个是大西南，最初步入社会，家里也不大放心。

主持人：对来丽江工作，父母是支持还是反对？

李：父母是抱着试试看的态度，想看看丽江是什么样的地方，他们跟我一道来，看了后才把心放下来。很支持我来丽江工作。

主持人：你对自己的选择是否动摇过，心态是否发生变化？

李：没有动摇过。现在到丽江快三年了，除了工作外，个人的生活，包括情感都有所变化。

主持人：说到情感，你来到丽江后，有没有浪漫的情感，方便说吗？

李：曾听人说丽江是一个容易滋生爱情的地方，我到丽江后也逃不了这一"劫"。

主持人：你是怎么和他相识的？

李：当初我不知道他，但他知道我，他是一个纳西族小伙子。我与朋友们在束河吃东北手包菜，他亲手包了一个递给我吃，我也吃了，就从此开始了在丽江的爱情。

主持人：你在丽江遭遇到了爱情后，对丽江是不是有了更深层次的认识？

李：认识他以后，使我对纳西族的各个方面，如传统生活习惯、民族文化等有了更深的认识与了解。

主持人：在丽江想不想家，想不想父母亲？

李：也想，特别是刚到丽江的那段时间挺想的。但我不是一个特别恋家的人，我从小就是一个蛮独立的女孩子，现在只要有安定的生活,我就不会想那么多了。我的父母去年去了韩国,我们常通电话。我对他们说,我在丽江挺好的,放心吧,你们的女儿已经长大并工作了,你们自己要照顾好自己,不用为我操心。

主持人:工作之余,你在丽江生活得快乐吗?

李:挺快乐的,平时跟其他女孩子一道逛逛街,打扮打扮自己。

主持人:丽江最打动你的是什么?

李:我觉得可能是纳西人对生活的乐观态度最打动我。纳西人热爱生活,平易近人,在丽江生活没那么复杂,很自在,包括人与人之间的交流也很自在,真的感受到了"丽江的柔软时光"。

主持人:很多人喜欢来丽江"发呆",你对"发呆"是怎么理解的?

李:我有时也会在古城或在束河"发呆",当我遇到一些烦心的事就会"发呆",其实我的"发呆"是在静静地想一些事情。

主持人:能不能讲一讲你在丽江有什么梦想和愿望?

李:梦想嘛,可能在工作方面多一些,我希望在专业方面继续深造,学到更多的东西。在生活方面,我希望能"嫁给丽江"。

主持人:祝愿你的梦想和愿望都能在丽江早日实现,祝你

"丽江是我的第二故乡"

天天都是快乐的、阳光的。能不能用一句话来概括你对丽江的情感?

李:我觉得丽江是我的第二故乡,丽江的家就是我的第二个家;我感谢丽江给了我一份工作,我要在以后的工作中尽我所能来回报丽江人民。

主持人:对于关注你所主持节目的观众,你想说什么?

李:"天气时常变化,生活天天快乐",感谢观众朋友对我的工作所给予的关注和支持。

(节目播出时间:2007年5月)

39

作家刘墉：在丽江与读者交流

  刘墉是大家都熟悉的台湾著名作家兼画家。他祖籍北京，1949年2月生于台北，现定居美国。2007年7月，刘墉先生带着对丽江的向往来到昆明新知丽江图书城进行签名售书活动，与喜欢他作品的读者进行了面对面的交流。由于这次活动安排得比较紧促，使喜欢山水风光的刘墉在大为赞叹丽江美景的同时又多了些遗憾。于是刘墉便有了与丽江的另一次浪漫约会。

作家刘墉：在丽江与读者交流

主持人：刘墉至今出版了中英文著作60多部，以写小中见大的人生散文著名；同时因其文章为青少年成长而写，也因其成功培养儿女被称为教育家。刘墉在世界各地举办个人画展近30次，是美国丹尼尔美术馆艺术家。他在昆明新知丽江图书城签名售书时，吸引了众多喜爱他作品的读者，其中一名读者问起了刘墉的养身之道。

刘：虽然我以前是电视人，也曾在大陆中央台的节目上过，但现今有20年不上电视了。这是因为我要安静，要写作。我这次到丽江，很开心，但有点忙。希望下一次到丽江，能与山水进行很好的对话，用笔画出丽江优美的风光。

主持人：当问到刘墉对丽江的印象时，他说了如下的话。

刘：我得再来丽江。这次来得太匆忙了，玉龙雪山有冰川，非常美，我觉得可以进行写生，还可以画一些丽江特有的房屋。

主持人：对作家来说，则希望用自己的笔表达对丽江的一份深厚的爱。为了较多地了解刘墉在丽江的故事，我们还采访了近距离与刘墉交流的读者，听一听他们怎么说。小杨你好，刘墉来丽江签名售书，你也在场，请谈谈你的感想。

杨：上大学时，一位好友送我一本刘墉写的书《点一盏心灯》，看完后觉得非常好看，就喜欢上了刘墉老师的书。

主持人：那么他在你心中是什么样的人呢，你怎么知道他来丽江签名售书？

杨：刘老师看上去很面善，是个很温和的人。他来丽江是我的一个朋友告诉我的。现场人很多，很热闹，他对读者非常亲切，气氛轻松愉悦，他一边签名一边与读者交流，谈得较多的是与丽江有关的话题。

主持人：当时他讲了些什么话？

杨：他先谈到以前是通过媒体对丽江有一些了解，对丽江印象非常好，很向往。这次由于时间苍促，只是匆忙逛了下，但对丽江非常喜欢，希望以后再来多待一段时间。

主持人：你对很多名人来丽江怎么看？

杨：这说明丽江吸引人，它不仅有美丽的风光，而且有丰厚的文化底蕴。名人来丽江，也增大了丽江的知名度，挺好的。

主持人：听说刘墉是年近60岁的人了，你对他印象如何？

杨：在我的想象中，他比较老，但没想到他看起来非常年轻，精神状态非常好。

主持人：你是一位文学爱好者，是他的一名忠实读者，在签名售书现场，他给你留下的最深刻印象是什么？

杨：他说过一句话："一个人最重要的是有好的生活态度和精神状态。"听说他乘坐的飞机晚点了，他等了好长时间，很辛苦，到丽江后非常累，但我们看到他没有丝毫疲倦。使我感到，只要保持愉快的心情，一切都会很好。

主持人：很多人知道刘墉是作家，但很少有人知道他的成作家刘墉：在丽江与读者交流

名是从电视人开始的，当年他受台湾电视公司的邀请，主持译制节目《分秒必争》，为使节目有变化，他在每集节目开始时，都要说一段开场白，内容涉及文学、艺术、哲学等方面乃至于身边的点滴小事引起的触动，都写成几十字、两三百字的短文。节目播出后，引起了强烈反响，许多观众要求出版这些短文，这便是刘墉的第一本书《萤窗小语》。小王，刘墉签名售书时，你也在现场，你看到他感觉如何？

王：我原想他会比较老，但挺年轻的，他挺谦和。有一个小孩问了很粗鲁的话，我想他会有愠色，但他没有。如果不把他当一位作家，而是当一个平常的朋友，你会很喜欢这样一个人的。

主持人：你还听到他的一些什么情况？

王：他是从台湾坐飞机过来的，听说是昆明新知图书城的老总邀请来的。我听说他很早就知道丽江，我还听他说到了束河，觉得束河的田园风光好，他以后还想来丽江写生，就让他的画与丽江有个缘份吧！

主持人：这次让刘墉难忘的还有听纳西古乐，当时我也在场。我看到节目结束时，刘墉紧握着宣科老师的手久久没有松开。他还当场送给宣科老师一幅书法作品。刘老师，听了纳西古乐后，您感觉怎么样？

刘墉：我刚才写了"礼失求诸野"，在中原听不到的古乐在这里能听到，所以宣科先生真是有功德也。我今天非常幸运，而且我有很多疑惑在这里可以得到一些答案。

主持人： 刘墉先生的丽江之行虽然很短暂，但他与丽江结下了不解之缘。他说，丽江，我还会再来的！我们期待着刘墉再一次投入丽江的怀抱。

（节目播出时间：2007年9月）

阿耀：丽江疗好了我的伤

40

阿耀：丽江疗好了我的伤

来自上海的阿耀，两年多前遭受事业与爱情的双重打击，于是成了一位来到丽江疗伤的人。他在丽江新城福慧路开了一间名叫星工坊的工作室。在采访他时，看着这位满脸写着满足的人，我丝毫看不出他以前曾是一个患有严重抑郁症的人。在与他交谈中，感到他是一位热爱生活，并且懂得怎样生活的人。

主持人： 阿耀是什么时候来丽江的？为什么会来丽江？

耀： 我是2005年10月8日到丽江的。起初是来旅游，看到这个地方比较安静，水很纯净，民风也很淳朴，商业味很淡，可以净化自己的心灵，可以说适合我当时的心态吧。

主持人： 当时来丽江有没有特别的缘故？

耀： 我当时事业受挫，心情很沮丧。

主持人： 当时有没有听说丽江是很适合疗伤的地方？

耀： 还没有听说。来丽江可能是机缘，也可能是天意吧。我是一个爱远足的人，中国的名山大川基本上走遍了。感到唯独丽江这片净土太适合我当时的心情。这里人与人之间没有鄙视的眼光，清新的空气，慢节奏的生活，都适合我当时的心情。我来丽江不是寻梦，而是来疗伤的。

主持人： 你仅只是事业上受伤吗，还有其他伤痛吗？

耀： 受伤的还有爱情。

主持人： 能讲一讲吗？

耀： 不可讲，因为伤透心了。

主持人： 你是一个有故事的人。看你把工作室弄得井井有条，而且养了这么多花草，也看出你是一个热爱生活的人。你在丽江做什么事？

耀： 我擅长的是舞台形象造型，在香港做了几年发型，为名流女士和演艺圈的人做头发。但是来到丽江比较低调。只想静静地生活，没有再跟名人雅士打交道。就按自己当前的心境

去做。

主持人：你对目前工作室的状况满意吗？

耀：我来的时间不长，接触到的人也少，用古人的话来说是"才高八斗，无人问津。"无人问津的理由是价格似乎贵了，我认为价格不是大问题。

主持人：你在丽江生活感到幸福吗？

耀：幸福对于我这个受伤的人来说是一种奢侈品。但如果用幸福指数这个概念来表述，满分是10分的话，我目前应该给自己9分。

主持人：幸福与否关键看你的心态如何。你在丽江生活了近两年，今年的周年纪念打算怎么过？

耀：邀上两三个好友，到一个安静的地方坐一坐，聊聊天，然后用野餐。

主持人：你觉得到丽江后伤疗好了吗？

耀：我觉得我的伤快痊愈了，能像正常人一样工作，自食其力了。

主持人：从与你的交谈中也可以感受到，从前患上抑郁症的阿耀，换了一个人。

耀：我以前天天把自己关在屋子里，问我自己到底怎么了。

主持人：说来也怪，世界上有那么多地方，你却单单选择来丽江疗伤，这真是一种巧合。

耀：确实是巧合，而不是刻意的。

主持人：你有多爱丽江？

耀：许多外国朋友，包括对环境很苛刻的人，来到丽江后，都发出赞叹，我更没有理由不爱这片美丽纯洁的土地。

主持人：你有没有什么梦想？

耀：如果我能成大器的话，就要资助困难的学生。丽江山区的穷孩子蛮多的。你关爱别人，其实就是关爱自己，可能是心灵的洗涤，也可能是为人的慈善。

主持人：你摆弄的这些相思草长得非常茂盛，有什么心得吗？

耀：这草是一位朋友送我的，最初只是一盆，我请教了懂花草的人。现在繁殖出10多盆了。相思草虽然不开花，但要知道花是不会永远鲜艳的，而草只要四季长青，意义就非凡。我看到相思草天天在成长，就像我的孩子一样，蛮可爱的。来我这里的人也很喜欢这些相思草，挺好的嘛！

主持人：通过你摆弄这些相思草，我发现你可能在经营花草的同时，也在经营生活。这些相思草与你现在的生活状态很相似。看来只要用心经营，就能收获你想要的。

耀：是啊，只要给我一点空气、阳光和水，我就会健康地成长。

主持人：最后，请你给从外地到丽江的人，不管是来疗伤的还是来寻梦的人，说点心里话。

阿耀：丽江疗好了我的伤

耀：你觉得自己特别有能力的话，不要待在丽江；你如果在很耀眼的城市疲惫了，到丽江这个宁静的港湾休息、调理二到三年，你会受益匪浅的。因为这里的空气、水，还有人，纯得像娃哈哈纯净水一样。这个城市实在是天堂，走进丽江，就是走进天堂！

（节目播出时间：2007年6月）

41

跨国夫妻编导的纳西音乐剧

美国编剧托尼与他的中国妻子李梅导演的音乐剧《仙鹤》，剧情梗概是这样的：很久以前，在丽江拉市海边，有一只美丽的仙鹤受了伤，有位纳西族小伙子救了它并将它带回家。仙鹤为了报答小伙子的救命之恩，便化身成了一位美丽的姑娘。于是，一段鹤与人相爱的故事便从此开始了。这部音乐剧已经在昆明成功上演。本期节目邀请李梅讲述音乐剧《仙鹤》的来龙去脉。

跨国夫妻编导的纳西音乐剧

主持人：刚才在你们家听到了一部音乐剧《仙鹤》，我感到很好奇，你们怎么会想到创作这么一部音乐剧呢？

李：托尼和我在中国看过许多大大小小的音乐剧，看了后觉得很多剧本都缺乏一种心灵的感动与震撼，我们觉得很遗憾，于是托尼就想做一个自己的东西。为此他做了很多准备工作。到丽江后，托尼阅读了大量纳西族民间故事、传说，并做了阅读笔记，然后开始动手写剧本，前后共花了数年的时间，以音乐剧的形式，写了一个非常凄美的纳西族民间传说。剧本中有很多曲调来自少数民族民间音乐，这是我们多方采集纳西文化的精髓，融入了这部音乐剧中。还专门聘请了美国百老汇的舞蹈编导来做这部剧的编舞，并派来了许多助手。共有上百位演职人员参与了音乐剧《仙鹤》的创作，现在已经在昆明正式上演。

主持人：听说在昆明上演引起了轰动。你们编导这一音乐剧有什么感想？

李：感到丽江很需要这类音乐剧。虽然是由一个美国人来编导，美国人来编舞，但表现的是纯粹丽江的东西，非常原汁原味地表现了纳西人的生活与情爱。希望有一天能搬上丽江的舞台，让丽江人能早日看到《仙鹤》，让众多世界各地来丽江旅游的人也有机会看到《仙鹤》。希望在物质丰富、生活改善的城市，不要有贪婪等不好的东西在生活中滋生、蔓延。这样的信息也是一个全球化信息，希望大家能和我们一样，爱护环境,共同守护人类的家园。

主持人:我们也期望着《仙鹤》能尽早在丽江与广大观众、听众交流,感受你们这对跨国夫妻对纳西民族文化的热爱之情。正是这样一种特殊的文化交流方式,让更多来自世界各地的朋友了解纳西文化,了解美丽的丽江。有很多人来丽江只是为了享受柔软时光的,而你与托尼不仅如此,你们还希望能用自己的方式为丽江增添更多的光彩。

李:我们住在丽江,不只是为了个人的安逸,还有参与保护和传承优秀民族文化的使命。

主持人:我感到你们家的装修与摆设是很有特点的。

李:我们不追求豪华、奢侈的风格。我们喜欢用自己的双手设计布置,墙壁都是自己刷出来的。家具是托尼设计的,很中国化。这是我俩热爱的家,他住在这里都乐不思蜀了,不想美国纽约了。这里的每一样东西我们都太热爱了，都倾注了我们的心血和爱。

主持人： 最后请对听众说说你们对丽江的情感。

李： 我们热爱丽江，就像爱我们的家一样。丽江的每一点发展，每一件好的事物，都没逃过我们的眼睛。我们发自内心为丽江祝福，希望这个城市变得越来越美好，丽江的每一点进步，都会使我们感到非常欣喜！

主持人： 丽江对李梅与托尼来说是可爱的家，对收音机前所有听众来说，更是一个需要人人关爱、呵护的美丽的家园。祝所有像李梅、托尼夫妇一样深爱着丽江的人们幸福，祝我们的家园丽江越来越美好！

（节目播出时间：2007年10月）

42

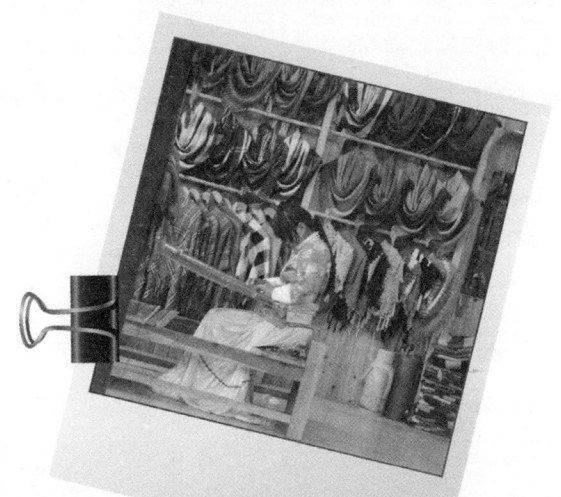

在丽江教英语学中文的美国人伯言

伯言来丽江之前是美国洛杉矶一家银行的职员。2000年1月,他被丽江官房大酒店聘为培训员工的英语教师,在丽江一待就是四年半,这期间,不会讲汉语的他学习了中文。主持人在与他交谈中发现他不仅中国普通话讲得很流利,而且对中国文化很了解,对丽江更有着剪不断的情思。他说,他到过的中国城市与丽江相比,还是丽江好。

在丽江教英语学中文的美国人伯言

主持人：伯言，你原来在哪里工作，怎么会来到丽江？

伯言：我原来在美国洛杉矶一家银行工作。1999年12月，有一位朋友告诉我，中国有一个很美的小城市的一家五星级酒店要聘用一名英语培训教师，条件是美国人，男性，年龄20至30岁。

主持人：你正符合条件，然后就过来了？

伯言：是的。我把所有的东西卖了，先飞到昆明，2000年1月17日到丽江，开始在官房酒店当英语培训教师。原来他们说你待不住的话，在满六个月就可以回去，结果我待了四年半。

主持人：非常不错，在这之前你听说过丽江吗？

伯言：当初我只听说过有一个很大的国家叫中国，还知道中国的北京、上海、香港、重庆等城市，但不知道丽江。来前我的一位朋友有一本书，里面有许多关于丽江的照片，我看了好几遍，使我对丽江感到很好奇。

主持人：你的中国普通话讲得很好，猛然一听，觉得你不是一位老外。你来了后对丽江的印象怎么样？

伯言：从第一天开始，我就发现丽江人非常热情，对我们外国人也很热情，在这里买东西也比较便宜。

主持人：刚才你说过别人以为你在丽江待不长，但你居然待了四年半，为什么能待这么长呢？

伯言：有很多原因，主要原因是这边的人对我很好。我在丽江官房酒店工作，工资虽然不很高，但是没有烦恼，心情很放松。我哥哥来看过我三次，他说，我很嫉妒你能在这么好的地方。我在丽江有很多朋友和学生,他们都很喜欢我这个会讲中国话的老外。

主持人: 你讲的中国普通话很棒。是为了来中国而学的吗?

伯言: 当初来丽江时,只会说一句"再见!"听懂一句"您好!"因为想长期在丽江工作和生活,而想学华语。学华语环境问题很重要,环境好你可以学得快学得多,还有最好的学华语的方法,就是交一位中国女朋友。

主持人: 你这样做了吗?

伯言: 是的。谈了几个月恋爱后,朋友们都说,你的中文进步很快。我说,因为……所以,这是2003年夏天的事。

主持人: 你原先在美国洛杉矶银行工作很不错,来到一个陌生的地方,可能会有风险,这可要下很大决心啊!

伯言: 是的。我是靠直觉决定来丽江的。

主持人: 你在丽江生活了四年半,最大的感受是什么?

伯言: 我最喜欢的事情是我可以用中国话与不会讲英语,从来没有机会到我的国家的朋友进行交流、沟通,这样,我可以用这些中国人的观点来看这个世界。来开阔我的眼界。

主持人: 你觉得在心情方面,会不会像其他人一样感到在丽江很悠闲?

伯言: 在丽江非常舒服。在我的老家,每晚你到街道上去,无论冬天和夏天,人都很少;而在丽江,每天晚上,到处都有人,可以和朋友在外面玩,我回美国后经常感到孤独。在丽江每

晚都有活动,可以找这个与那个朋友一起玩,到处都很热闹。

主持人: 看来你非常喜欢丽江。

伯言: 是的。2004年我要回美国,离开丽江的前一天晚上,我与很多朋友说了"拜拜!"我哭了,像小孩子一样哭了。

主持人: 为什么会哭呢?

伯言: 这么多年,待在这么好的地方,有这么多的朋友,我不知道离开这里后会不会有机会再来,会不会再与朋友们见面。我与最后一个朋友在古城告别后,走着路回宿舍,边走边哭,真的很难过。

主持人: 想到过自己还会有机会回来吗?

伯言: 那时候我不清楚能不能再回来。因为我要回到家与哥哥一起做生意,我还没有结婚,如果成了家就不自由了。到了2006年10月,10月是丽江最美的季节,我又来了。

主持人: 我有一个好奇的问题,既然当时你舍不得走,还流了泪,当初你有没有可能留下来呢?

伯言: 我回美国还因为母亲身体很不好,要我照顾她。中国人有个观念,一个孩子最大的责任,就是对父母孝顺。所以我不能继续在丽江工作和生活,一定要回去。

主持人: 你再次来丽江。跟以前有什么不同的感觉?你觉得丽江变了吗?

伯言: 城市变新了,有了新的酒店,新的酒吧,古城也有很多变化。可是去年、今年我回来,发现我的很多朋友们没有变,还是我的好朋友。这几年我成熟好多,他们也成熟了好多,但朋友间还是和过去一样。

主持人：明天你就要离开丽江了，还会再来吗？

伯言：明天一早我就要离开丽江，我肯定还会再来。

主持人：你也是一位特别喜欢旅游的人，在旅游过程中，有没有下意识地拿丽江与中国其他城市作比较？

伯言：我到过中国的香港、广州、桂林、柳州、武汉、昆明等城市，我觉得这些地方都很美，可是都没有丽江好。因为这些地方都有空气污染，唯独丽江没有，在丽江可以看到蓝天、雪山，晚上的星星很明亮。其实我知道中国有些地方也会这样，比方说西藏、中甸，可是我都没有去过。丽江与我到过的中国很多有名的地方作比较，我还是觉得丽江好。

主持人：丽江在你心中有不可替代的位置，你会不会把它当作你的第二故乡？

伯言：丽江就是我的第二故乡！没有其他的中国城市能让我生活了四年半。

主持人：最后想对你的朋友们说点什么话吗？我想收音机前的听众中可能也会有你的丽江朋友。

伯言：我要说的是：我会一直想念你们，你们在我心中是最热情的朋友，我还会回来，不仅是因为丽江的风景很美，还因为这里有我的好朋友，更多的是因为我同朋友们有着深厚的情感。

（节目播出时间：2007年11月）